近代名译丛刊

伊索寓言
古译四种合刊

林 纾 等译 庄际虹 编

上海大学出版社

丛书主编

王培军　丁骎绮

目 录

读《伊索寓言》随笔

况义

一　形体叛腹　3
二　南北风争胜　3
三　三友　4
四　嫠妇养鸡　4
五　老圃吁天　5
六　犬逐肉影　5
七　驴存马亡　5
八　狼诼狐　6
九　狐赚乌肉　6
一〇　驴效猱　6
一一　同行遇虎　7
一二　屋鼠与野鼠　7
一三　徐行可至　7
一四　驴服盐　8
一五　蝇噆赢创　8
一六　驴逢人礼　8
一七　口吹凉热　9
一八　业屡者弹写真　9
一九　抬驴走　9
二〇　王者鸠　10
二一　雕者从众作　10
二二　兔胆小　10

跋《况义》后　11

附：况义补

一　罴说　12
二　螺蛳传　12
三　鹰鸮说寓言警语　13
四　鸡伏蛇卵　13
五　鹳误入捕鹅网　14
六　凤判鸦鹰优劣　14
七　鸟兽大战　14
八　渴蛙入井　15
九　鹰斗蛇　15
一〇　鹰与布谷　16
一一　蛙张腹比牛　16
一二　蛇害救者　17
一三　鹰挟龟飞　17
一四　蝇死于蜜　18

一五　破像得金　18
一六　樟取祸获免害　18

意拾喻言

小引　23
　一　豺烹羊　23
　二　鸡公珍珠　23
　三　狮熊争食　24
　四　鹅生金蛋　24
　五　犬影　24
　六　狮驴同猎　25
　七　豺求白鹤　25
　八　二鼠　25
　九　农夫救蛇　26
　一〇　狮驴争气　26
　一一　狮蚊比艺　26
　一二　狼受犬骗　27
　一三　驴穿狮皮　27
　一四　鸦插假毛　27
　一五　鹰龟　28
　一六　龟兔　28
　一七　鸡斗　28
　一八　黑白狗㜑　29
　一九　狐指骂蒲提　29
　二〇　孩子打蛤　29
　二一　蛤㜑水牛　30
　二二　鹰猫猪同居　30
　二三　马思报鹿仇　31
　二四　蜂针人熊　31
　二五　猎户逐兔　31
　二六　四肢反叛　32
　二七　鸦狐　32
　二八　裁缝戏法　32
　二九　洗染布各业　33
　三〇　瓦铁缸同行　33
　三一　狐与山羊　33
　三二　牛狗同群　34
　三三　眇鹿失计　34
　三四　愚夫求财　34
　三五　老人悔死　35
　三六　齐人妻妾　35
　三七　雁鹤同网　36
　三八　鸦效鹰能　36
　三九　束木譬喻　36
　四〇　大山怀孕　37
　四一　猎主责犬　37
　四二　战马欺驴　37
　四三　鹿照水　38
　四四　鸡抱蛇蛋　38
　四五　鼓手辩理　38
　四六　驴犬妒宠　39
　四七　报恩鼠　39
　四八　蛤求北帝　40
　四九　毒蛇咬锉　40
　五〇　羊与狼盟　40
　五一　斧头求柄　41
　五二　鹿求牛救　41
　五三　鹿入狮穴　42
　五四　日风相赌　42
　五五　农夫遗训　42

五六　狐鹤相交　43
五七　车夫求佛　43
五八　义犬吠盗　43
五九　鸟误靠鱼　44
六〇　驴马同途　44
六一　驴不自量　45
六二　驯犬野狼　45
六三　狼计不行　45
六四　狼断羊案　46
六五　愚夫痴爱　46
六六　鸡鸨同饲　47
六七　纵子自害　47
六八　指头露奸　47
六九　鸦欺羊善　48
七〇　业主贪心　48
七一　杉苇刚柔　49
七二　荒唐受驳　49
七三　意拾劝世　49
七四　野猪自护　50
七五　猴君狐臣　50
七六　牧童说谎　51
七七　人狮论理　51
七八　鼠防猫害　51
七九　星者自误　52
八〇　鳅鲈皆亡　52
八一　老蟹训子　52
八二　真神见像　53
附：《意拾喻言》叙　54

海国妙喻

序　57

一　蝇语　58
二　踏绳　58
三　守分　59
四　鼠防猫　59
五　犬慧　60
六　救蛇　60
七　狐鹤酬答　60
八　贼案　61
九　二鼠　62
一〇　学飞　62
一一　喜媚　63
一二　忘恩　63
一三　求死　63
一四　金蛋　64
一五　肉影　64
一六　柔胜刚　64
一七　虫言　65
一八　鹿求牛救　66
一九　丧驴　66
二〇　觅食　67
二一　二贤　67
二二　纳谏　68
二三　人狮论理　68
二四　斧头求柄　69
二五　多虑　69
二六　说谎　69
二七　木条一束　70

3

二八　罗网　70
二九　鹿入狮穴　72
三〇　捕影　72
三一　犬劝　72
三二　二友拾遗　73
三三　人意难全　73
三四　争胜　74
三五　美女　74
三六　骗狼　75
三七　磨牙　75
三八　缓以救急　75
三九　献谗　76
四〇　车夫　77
四一　鹰避风雨　77
四二　假威　77
四三　腐儒　78
四四　归去来　78
四五　狮驴争气　79
四六　二蛙　79
四七　飞鸟靠鱼　80
四八　星者自误　80
四九　解纷　81
五〇　锈镰　81
五一　葡萄味苦　82
五二　炎凉情态　82
五三　蝙蝠　83
五四　抛锚　83
五五　狮蚊比艺　84
五六　自负　84
五七　蟋蟀叹　84

五八　农人　85
五九　驴马同途　85
六〇　吹角　86
六一　白鸽　86
六二　荒唐　87
六三　争食　87
六四　密嘱慎交　87
六五　窥镜　88
六六　眶骨　88
六七　滴雨落海　89
六八　金索日短　90
六九　粉蝶　90
七〇　铁猫　91
书后　92

伊索寓言

序　95
一　狮获鼠报　97
二　狼与小羊　97
三　驴效草虫　98
四　鹭应狼募　98
五　农夫谕诸子　98
六　蝙蝠变语　99
七　鸡无用宝石　99
八　燕乌炫羽　100
九　狮王敷令　100
一〇　狗卧当阈　100
一一　蚁曝粟　101

一二　烧炭翁与业沤者　101
一三　捕蝗童子　101
一四　龟兔赛跑　102
一五　渔者吹箫　102
一六　狗衔肉过桥　102
一七　犊车过狭巷　103
一八　盲鼬　103
一九　牧人亡犊　103
二〇　鹿畏狗　104
二一　驴狐友而逢狮　104
二二　蝇死蜜　104
二三　狮诞仅一子　105
二四　农夫与蛇　105
二五　人狮争勇　106
二六　柿树与苹果树争美　106
二七　鹤入捕鹳网　106
二八　逐鼠大哄　107
二九　人熊自表　107
三〇　龟欲飞　107
三一　狐堕智井　108
三二　狼蒙羊皮　108
三三　乌濯羽　109
三四　鸽碰壁　109
三五　狮请婚　109
三六　车轴之鸣　109
三七　鹳死带石　110
三八　狮老计　110
三九　断尾狐　110
四〇　二人遇熊　111
四一　健跳证　111

四二　狗据草　111
四三　牧人碎羊角　112
四四　人瘗金　112
四五　猪羊同圈　112
四六　群蛙求君　113
四七　小儿取栗　113
四八　农蛇寻仇　114
四九　狐调狮　114
五〇　枥人刷马　114
五一　驴骡共负载　115
五二　驴媚主　115
五三　牛谋灭屠　116
五四　牧童谎语　116
五五　驴驮盐　116
五六　犬系铃　117
五七　牧者与山羊　117
五八　中年眷二妇　118
五九　病鹿　118
六〇　童手触草痛　118
六一　占星落堑　119
六二　狼说羊去狗　119
六三　猫妆医　119
六四　鸦傅众羽　120
六五　小羊乘屋　120
六六　盲妪对医　120
六七　母蛙鼓腹　121
六八　老圃策子以勤　121
六九　黄犊为牲　122
七〇　二雄鸡相斗　122
七一　老骥挽磨　122

七二	骑士秣马	123	一〇二	鸢病祈神	132
七三	四肢叛腹心	123	一〇三	狮毚争饮	133
七四	杀鸡失晨	123	一〇四	系铃计	133
七五	葡萄复仇	124	一〇五	眇鹿	133
七六	猴为狐算	124	一〇六	鼠大将	134
七七	"最美者猴儿"	124	一〇七	贩枣渡海	134
七八	鸽请鹰拒隼	125	一〇八	狮畏鸡鸣	134
七九	猪龙斗鲸	125	一〇九	河伯胃海	135
八〇	燕卵为蛇所食	125	一一〇	野毚砺牙	135
八一	瓦盎与铜盎	126	一一一	发财痴计	135
八二	狼受牧教	126	一一二	蜂请帝赐针	135
八三	母蟹教子行	126	一一三	狼调狗	136
八四	祈晴与望雨	126	一一四	驴驮神像	136
八五	子盗而母励	127	一一五	自卫所业	136
八六	老人负薪	127	一一六	犬见机	137
八七	老松笑荆棘	128	一一七	狗老惫	137
八八	濯黑奴	128	一一八	吾与吾辈	137
八九	鼠蛙同系	128	一一九	狮且死	138
九〇	狼乞水	129	一二〇	狼羡牧食羊	138
九一	酒瓶馀馨	129	一二一	望脶得漂木	138
九二	医瘦狗伤	129	一二二	争赁驴影	139
九三	渔猎易物	129	一二三	驴请易主	139
九四	狐赚鸦肉	130	一二四	神问其像价	139
九五	剪毛损肉	130	一二五	指背口	140
九六	驴登屋舞	130	一二六	橡拔草偃	140
九七	鹿匿牛栖	131	一二七	捕狮不成	141
九八	猎狗与守狗	131	一二八	狮夺狼食	141
九九	驴狮共猎	131	一二九	捕禽者待客	141
一〇〇	狮与猪龙盟	132	一三〇	蚁报鸽恩	142
一〇一	鹰伤箭羽	132	一三一	兔病怯	142

一三二	猴撒网 142	一六二	狗谏 152
一三三	鹄度曲而免 142	一六三	橡叹 152
一三四	鹿入狮穴 143	一六四	蛇与蜂偕亡 152
一三五	渔者得小鱼 143	一六五	孔雀傲尾 153
一三六	猎问狮迹 143	一六六	杀鸡取卵 153
一三七	狐困橡心 143	一六七	蛙语驴 153
一三八	二蟆议迁 144	一六八	鸦妒鹊 153
一三九	灯傲日 144	一六九	橡神授斧柄 154
一四〇	驼答人 144	一七〇	狗降狼而死 154
一四一	终则抬驴行 145	一七一	牛杀狮儿 155
一四二	猫计诱鼠 145	一七二	狮不敌射使 155
一四三	牛窘于鼠 146	一七三	驼不足惧 155
一四四	狗宴其友 146	一七四	狐食蟹 155
一四五	猴舞被妒 147	一七五	驴答主 156
一四六	盗杀鸡 147	一七六	狐不驱蝇说 156
一四七	烧狐焚田 147	一七七	贪妇育伏雌 157
一四八	行人侧卧 148	一七八	鸡效马嘶 157
一四九	海鸥吞鱼 148	一七九	兔怨猎犬 157
一五〇	狐得利 148	一八〇	兔求狐助 157
一五一	天无道乎 148	一八一	牛卖老 158
一五二	鹰报德 149	一八二	鹿请粮于羊 158
一五三	狐豹争美 149	一八三	猫间鹰鸁 158
一五四	狮逐鹿失兔 149	一八四	狼号狮 158
一五五	祷不如毁 150	一八五	骡父为驴 159
一五六	狮驴狐共猎 150	一八六	二蟆所处 159
一五七	牛落魄 150	一八七	巫不自知休咎 159
一五八	嘲奔发 151	一八八	鹰报恩 160
一五九	橡神笺天 151	一八九	渴鸦饮瓶 160
一六〇	爱可杀 151	一九〇	盗窃衣 160
一六一	狗不及兔 151	一九一	鹿食葡萄叶 161

一九二	虫胜狮 161		二二二	狮取三牛 171
一九三	狐言葡萄酸 161		二二三	预乐踵忧 171
一九四	胡桃累于实 162		二二四	村鼠与城鼠 172
一九五	羊羔以计活 162		二二五	老猿断狐狼曲直 172
一九六	猴谎称为雅典世族 162		二二六	蜂鸟求饮 172
一九七	马图鹿 163		二二七	子妍女媸 173
一九八	鹦鸲入鸽群 163		二二八	狗啮狮皮 173
一九九	猴谎语 164		二二九	盲人揣畜 173
二〇〇	相妇 164		二三〇	补履匠改业医 174
二〇一	盗饵狗 164		二三一	狼要马共觅食 174
二〇二	狽王嘉伪 165		二三二	二仇共舟 174
二〇三	狐见狮 165		二三三	鹑鸡同栖 175
二〇四	黄鼠狼计捕鼠 165		二三四	蟆卖药 175
二〇五	童子溺河 166		二三五	狼谮狐而取祸 175
二〇六	孔雀不知足 166		二三六	犬睡曲伸 176
二〇七	狼用韬晦计 166		二三七	风日争权 176
二〇八	兔倡平等 167		二三八	鸦忘恩 176
二〇九	"须钱急" 167		二三九	狐鹭互请客 177
二一〇	鹦为鹰所取 167		二四〇	狼顾影 177
二一一	自刎必行 167		二四一	蝙蝠再变 177
二一二	犬与鸡友 168		二四二	少年见燕 178
二一三	驴蹄狼 168		二四三	吹角兵 178
二一四	山羊害驴 169		二四四	角鸥诏鸟 178
二一五	牛识破狮计 169		二四五	美与恶 179
二一六	狐讥面具 169		二四六	驴蒙狮皮出游 179
二一七	鸥杀螽斯 170		二四七	兔被鹰攫 179
二一八	胶雀者为魍噬 170		二四八	蚤与牛 180
二一九	驴调马遇 170		二四九	懒驴 180
二二〇	蝇栖车轴 170		二五〇	鸽多子 180
二二一	羊识破狼计 171		二五一	呵暖嘘冷 181

二五二	诸神争能 181		二七七	狮畏鸡象畏虫 189
二五三	鸦效鹰攫羊 181		二七八	犬吞蛎房 189
二五四	鹰狐为友 182		二七九	二骡 189
二五五	小囊大囊 182		二八〇	羊避狼入庙 190
二五六	牝狗求地 182		二八一	鹑欲卖友 190
二五七	鹿角与蹄 183		二八二	蚤辩 190
二五八	百舌葬父于脑 183		二八三	久则臭习 190
二五九	虫栖牛角 183		二八四	狮报德 191
二六〇	驼效猴舞 183		二八五	蛇穴匠室 191
二六一	狗饮河 184		二八六	驼求角 191
二六二	饥鸦留食 184		二八七	豹别恩仇 191
二六三	樵失斧 184		二八八	鹰鹬婚 192
二六四	圃者斫树 185		二八九	鹰报人 192
二六五	二兵遇暴客 185		二九〇	王储宿命 193
二六六	牧者摇橡 185		二九一	牝猫幻为女郎 193
二六七	人呼神驱蚤 186		二九二	蝼蝈复鹰仇 193
二六八	狐狮约为主仆 186		二九三	牝羊求氄 194
二六九	狼过信妇言 186		二九四	击首灭蝇 194
二七〇	鸡伏蛇卵 186		二九五	海平而风不宁 194
二七一	松羡玫瑰 187		二九六	国工演剧 195
二七二	槐阴庇人 187		二九七	猎者不择语 195
二七三	驴乞食于马 187		二九八	青果树与无花果树 196
二七四	鸦坐羊背 188		二九九	日精欲婚 196
二七五	狐数老棘 188		三〇〇	铜匠与狗 196
二七六	驴贺马 188			

读《伊索寓言》随笔

王仲远

一、儿时读《伊索寓言》,见书中鸟兽说话,与人类无别,觉鸟兽亲人,眼中心中,别是一天地;迨长大涉世,又复读之,则知扰攘人间,其言若动,异于鸟兽也几希。

二、《伊索寓言》一书,在古希腊经典中,脍炙人口,过于荷马、柏拉图。夫何故?曰:无他,以其妙于譬喻,犁然有当于人心也。

三、闻西方诸佛,有广长舌,覆面上至发际,善能说世间法、出世间法,如瓶写水,乃所说《譬喻经》、《百喻经》、《杂譬喻经》,皆不及一《伊索寓言》,何耶?

四、昔人称徐坚《初学记》:"非止初学,可为终身记。"每为失笑。《初学记》不过一兔园册,何必终身记?为此语者,必是一獭祭中讨生活人。然若移此语,以评《伊索寓言》,则真一毫不差,无复可议。

五、读《伊索寓言》一过,可抵十年阅世。其中所载,无所不有:诈者,伪者,贪者,妒者,傲者,夸者,逸者,痴者,黠者,媚者,谲者,怯者,吝者,虚矫者,自欺者,挟势者,毒者,险者,鄙者,野者,愚者,愿者,无目者,多心者,寡情义者,强梁者,反侧者,无自量者,捧心者,行小惠者,随人俯仰者,喙长三尺者,病夏畦胁者。何物文人,呵之欲活。

六、蒙庄云:"饰小说以干县令,其于大达亦远矣。"《伊索寓言》

一书,何尝非小说,又何尝不能达道? 蒙庄此语,吾不凭也。

七、或论文病云:文繁理富而无主脑,则散钱未串,游骑无归。《伊索寓言》一书,何尝立主脑? 然传世数千年,化身百万亿,上至才人宿学,下至妇孺乡氓,无不爱读,知散钱非病,病者非钱耳。

八、请试问诸肆人:散乱之真钱,整齐之伪钞,于斯二者,其何择? 人必不待辞毕,而攫真钱以去。

九、《伊索寓言》一书,犹非散钱比,实数百粒照夜珠也。

十、某禅师云:寸铁可杀人。若载一车兵器,逐件去弄过,便非杀人手段。《伊索寓言》,是此寸铁也。

十一、又云:若是作家战将,便可单刀入阵。《伊索寓言》,是此单刀也。

十二、传大禹之时,远方图物,贡金九牧,铸鼎象物,魑魅罔两,莫能遁形。《伊索寓言》,是此象物鼎也。

十三、温峤至牛渚矶,其下多怪物,然犀角而照之。须臾,见水族覆灭,奇形怪状。《伊索寓言》,是此犀牛角也。

十四、《涅槃经》云:一目盲人为治目故,造诣良医,是时良医,即以金錍决其眼膜。《伊索寓言》,是此金錍也。

十五、读《伊索寓言》,见其中鸟兽,种种作为,反以自观,便是一镜子。

十六、读《伊索寓言》,其鞭辟近里处,真能令浑身汗出,痛快淋漓。

十七、读《伊索寓言》,便是暮鼓晨钟,石火光阴中,发人猛省。

十八、读《伊索寓言》,便是顶门针、对症药,破病去毒,斫却尘根。

十九、读《伊索寓言》,便当作格言看,时时把玩,枕胙不厌。

二十、读《伊索寓言》,须知其险处诈处,亦是其朴处真处。

二十一、读《伊索寓言》,便当知人间事,无不被他讥及,惟不及好色耳。

二十二、读《伊索寓言》，可以知人，可以论世，可以为师，可以当友，可以独处，可以修身，可以讨论，可以解衣磅礴，可以娱目醒心。

二十三、读《伊索寓言》，可以鉴往，可以知来，可以破执，可以祛疑，可以为冰鉴，可以为指南针，可以为照世杯。

二十四、读《伊索寓言》，可以笑，可以叹，可以怒，可以哀，可以哭，可以兴，可以风，可以刺，可以下酒，可以析酲，可以当晚食，可以已头风，可以忘忧，可以深长思。

二十五、象山云：东海有圣人出焉，此心同也，此理同也；西海有圣人出焉，此心同也，此理同也。读《伊索寓言》，便当与吾国古书参观，见得西海东海，心理无二。今辄拈出十许条，为读者比质。

二十六、《伊索寓言》云：一富室与治革者毗，恶其臭，令徙。革人迁延弗徙，久之，富人渐与臭习，亦不令徙。《说苑》则云：与恶人居，如入鲍鱼之肆，久而不闻其臭，亦与之化矣。

二十七、《伊索寓言》又云：富翁购鹅并鹄，鹅佐饮，鹄以度曲。迨夜厨人宰鹅，误取鹄，鹄扬声而度曲，厨人知其误，遂释鹄取鹅。《庄子·山木》则云：庄子出于山，舍于故人之家，故人喜，命竖子杀雁而烹。竖子请曰："其一能鸣，其一不能鸣，请奚杀？"主人曰："杀不能鸣者。"

二十八、《伊索寓言》又云：一盲人能以收揣畜，而辨其名。一日，人以狼竖试之，盲人扪之，曰："吾未知其为狐雏狼雏也？若投之羔群，则羔必无幸。"《左传·宣公四年》则云：楚子良生子越椒，子文见之，曰："必杀之。是子也，熊虎之状，而豺狼之声；弗杀，必灭若敖氏。"子良不可。后果覆其宗。

二十九、《伊索寓言》又云：有中年之人，发已作灰色，而眷二妇，其一少艾，其一妪也。妪自愧以衰年近少壮，拔其人黑发，而留苍者；其少妇又恶以身事老人，欲去其发之苍者，而留黑。久之，其人遂秃。《遁斋闲览》则云：有一人年老，置婢妾数人，令婢妾镊之。妻忌其少，为群婢所悦，乃去其黑者；妾欲其少，乃去白者。未几，颐颔遂空。

三十、《伊索寓言》云：村姑戴牛乳一器过市，思售乳得资，可易鸡子三百，伏之，即鰕五十，可得二百五十雏。既硕，尽鬻之，得金裁衣，被之招摇过市，群少年必请婚于我，我必尽拒以恣吾择。思极而摇其首，首动，器覆于地，乳乃尽泻。《庄子·齐物论》则云："女亦大早计，见卵而求时夜。"是也。《雪涛小说》又云：一市人贫甚，偶一日拾得一鸡卵，归告其妻："我持此卵，借邻人鸡伏之，待其长成，又可以生卵，一月可得十五鸡，两年之内，鸡又生鸡，得鸡三百，可易十金。即以十金买五牛，牛复生牛，数年之间，乃得百五十牛，又易三百金。我便以三之一市田宅，又三之一市童仆、买小妻，……"妻闻欲买小妻，艴然大怒，便击破卵。

三十一、《伊索寓言》又云：老圃垂死，将策其子以勤，乃呼而近榻，曰："吾家葡萄之圃，有隐藏，宜善视之。"老圃既死，群子争掘其圃殆遍，莫得所谓藏者，而明年葡萄大熟。《史记》则云：赵简子召诸子与语，毋邮最贤，简子乃告诸子曰："吾藏宝符于常山上，先得者赏。"诸子驰之常山上，求无所得。毋邮还曰："已得符矣。"简子曰："奏之。"毋邮曰："从常山上临代，代可取也。"

三十二、《伊索寓言》又云：狐延鹭作客，惟豆羹一器，摊之盘中。狐餂之快绝，鹭啄虽锐，得豆恒少，豆遂尽为狐食。他日鹭报飨，以瓶贮馔，鹭啄能入，狐则不能，嗅之而已。《曲洧旧闻》则云：刘攽折简招苏轼，过其家吃皛饭，轼不知何物，比至，见案上所设，惟盐、萝卜、饭而已。始悟以"三白"戏。临去，请攽明日过，具毳饭待之。攽亦不知何物，如期往，谈论过食时，饥甚索食，轼徐曰："盐也毛（毛，无也），萝卜也毛，饭也毛，非毳而何？"

三十三、《伊索寓言》又云：群鼠聚议御猫法，一鼠曰："必猫项系铃，行则铃动，即恃此为吾警。"主议者悦，询何人能以铃系猫，坐中莫能应。《指月录》则云：金陵清凉泰钦禅师，性豪逸，法眼独契重。一日眼问众："虎项金铃，是谁解得？"众无对，师适至，对曰："系者能解。"

三十四、《伊索寓言》又云：有人挟狮并行，途次争勇，偶经石人像前，像持絚缚狮，状至雄猛，乃指而示狮，诩人之能。狮曰："此像出诸人为，故尔。果狮能造像，必状人被狮缚矣。"《醉翁谈录》则云：有人妻性妒，嬖妾无敢近者，其人诵《毛诗》，以晓谕之。其妻问书甚人做，曰："周公做"。其妻云："若是周婆做，断不这样说。"

三十五、《伊索寓言》又云：驴蒙狮之皮，出游，群兽咸慑。驴乐甚。嗣遇一狐，讥之曰："使吾未闻君鸣，吾亦几慑矣。"《郁离子》则云：蒙人衣狻猊之皮，以适圹，虎见之而走，谓虎为畏己也，返而矜有大志。明日服狐裘而往，复与虎遇，虎立而睨之，怒其不走也，叱之，为虎所食。

三十六、《伊索寓言》又云：群鼠穴于人家，为猫所知，入而扑之。鼠匿不出，猫思以计诱之，乃自悬身于钩，状如死者。鼠探首穴外，曰："媪也，尔化身为肉团然者，吾亦不敢近。"《雅谑》则云：一鼠避一瓶中，猫捕之不得，以须略鼠，鼠因喷嚏。猫在外呼曰："千岁！"鼠曰："汝岂真为我寿？诱我出，欲嚼我耳！"

三十七、《伊索寓言》又云：耕者与狐仇，以狐累食其鸡鹜也。既而果得狐，乃以麻渍膏，缀其尾焚之。狐无心窜入其田，田禾方熟，因兆焚如，耕者终年勤动，不遗一粒矣。《龙门子凝道记》则云：越西有男子，结茨以为庐，尝患鼠，无策以驱之。一旦被酒归，始就枕，鼠百故恼之，目不得瞑。男子怒，持火四焚之，鼠死庐亦毁。次日酒解，怅怅无所归。

三十八、《伊索寓言》又云：有业匠而贫者，家祀水星之像，礼之，冀免其贫。久而家日益落。匠大怒，取神像而毁之，像首脱，金汁自项涌出。匠曰："吾礼汝，而贫日甚；一毁，而首金乃涌出。然则尔亦贱种耳。"《艾子杂说》则云：艾子行见一庙，前有一小沟，有人行至水，不可涉，顾庙中，辄取大王像，横于沟上，履之而过。复有一人至，见之，扶起，以衣拂饰，捧之坐上，再拜而去。须臾，艾子闻庙中小鬼曰："大王居此为神，而为愚民所辱，宜祸以罚之。"王曰："然则当祸后来者。"艾子叹曰:"真是鬼怕恶人也!"

三十九、《伊索寓言》又云:蝙蝠夜飞,触壁而坠,为鼠狼所获。蝠乞命,狼曰:"吾性与鸟为仇。"蝠曰:"吾虽善飞,鼠耳,非羽族也。"狼释之。已而复坠,为他狼所得,蝠复乞命,狼曰:"吾最恶鼠。"蝠曰:"吾能飞,蝠也。"《笑府》则云:凤凰寿,百鸟朝贺,惟蝙蝠不至。凤责之曰:"汝居吾下,何傲乎?"蝠曰:"吾有足,属于兽,贺汝何为?"一日麒麟生诞,蝠亦不往,麟亦责之。蝠曰:"吾有翼,属于鸟,何以贺与?"

四十、《伊索寓言》又云:大橡见拔于风,偃于江上,水草及岸草,均为所压。因语草曰:"尔何不见拔?"草曰:"吾辈风来即偃,因得自全。"《说苑》则云:常摐有疾,老子往问焉,摐张其口,而示老子曰:"吾舌存乎?"老子曰:"然。""吾齿存乎?"曰:"亡。"摐曰:"子知之乎?"曰:"夫舌之存也,岂非以其柔耶?齿之亡也,岂非以其刚耶?"

四十一、噫,读《伊索寓言》毕,隐几而坐,浮一大白,作随笔四十条,而诵"云谁之思,西方美人。彼美人兮,西方之人兮",彼其于世,殆未数数然也。甲午六月识。

况　义

〔法〕金尼阁　口授　〔明〕张赓　笔传

编校说明

《况义》是《伊索寓言》最早的汉译本。其书1625年刻于西安,由金尼阁口授,张赓笔传。金尼阁(1577—1628),字四表,是法国的耶稣会士,原名尼古拉·特里戈尔(Nicolas Trigault)。1610年来中国,生平精于汉语,著译多种。除《况义》外,所撰《西儒耳目资》,亦有名于世。张赓,号夏詹,福建泉州人。生卒年不详。万历二十五年(1597)举人。授平湖教谕。天启间,又任中州教谕。除《况义》外,又与韩霖合编《圣教信证》。

《况义》的原刊本,今已不存于世,惟巴黎图书馆藏明抄本二,牛津大学图书馆藏伟烈亚力原藏抄本一,又中国国家图书馆藏罗大冈从巴黎图书馆所得复制件一。是此书之抄本,全世界为数仅三,读者固难获睹。校录之本,则有戈宝权、杨扬及日人内田庆市诸家,近黄兴涛等主编《明清之际西学文本》,亦俱为载入。今即据戈录本排印,并遍取各家录本校之,复为补拟小题,其在林纾译本中,有译文可互见者,则于每则之后,用"编者按"注出,以备参观。

《况义》凡二十二则,补编凡十六则。补编之第一、二则,为柳宗元文。

一　形体叛腹

一日,形体交疑乱也。相告语曰:"我何繁劳不休!首主思虑,察以目,听以耳,论宣以舌,吃哜以齿,挥握奔走以手足,如是各司形役。但彼腹中脾肚,受享晏如,胡为乎宜?"遂相与誓盟,勿再奉之,绝其食饮。不日,肢体渐惫,莫觉其故也。首运,目瞀,耳聩,舌槁,齿摇,手颤,足蹶。于是腹乃吁曰:"慎勿乖哉,谓予无用!夫脾,源也。血脉派流,全体一家,抑脉胞也。尔饔尔餐,和合饱满,且咸宁矣。"

义曰:天下一体。君元首,臣为腹,其五司四肢,皆民也。君疑臣曰:尔糜大官俸。愚民亦曰:厉我何为?不思相养相安,物各相酬,不则两伤。无臣之国,无腹之体而已。编者按:参见林译本第七三则。

二　南北风争胜

南北风争论空中。北风曰:"阴不胜阳,柔不胜刚。叶焦花萎,百物腐生,职汝之繇。我气健固,收敛归藏,万命自根,尔无与焉。"南风答曰:"阴阳二气,各有其分,备阴偏阳,两不能成。若必觭胜,我乃南面,不朝不让,是谓乱常。"南言未毕,北号怒曰:"勿用虚辩,且与斗力。"乃从空俛地,曰:"幸有行人,交吹其衣,不能脱者,当拜下风。"南风不辞。北风发飙,气可动山。行人增凛,紧束衣裘,竟不能脱。于是南风转和,温煦热蒸,道行者汗浃,争择荫而解衣矣。北风语塞,怅恚而去。

义曰:治人以刑,无如用德。编者按:参见林译本第二三七则。

三　三友

有人于此，三友与交，甲綦密，乙綦疏，而丙在疏密间，大氐犹戚之也。此人行贪秽，事主不忠，上诏逮之，急惶遽求援。念吾最密之交，逢人见爱，权动公卿，请与偕往，曰："急难相拯，实在友矣！"友曰："尔所往远而险，我艰步趋，可奈何？"尔时，罪人深懊恨，自以生平密交，如是如是，更向谁怜？沉于渊者，不问所持，则姑向丙家友叩请。丙家友曰："我未便与俱也，但谊不可失。"相将至郭外而反。此人回思悲念，无复之矣，异日者交疏友生，又何敢告？是友翻来慰曰："而勿忧，而还从我，可不失望也。彼二友者，不能同往，往亦不能救若。我且先，若后来，能令主上赦若罪。若立功，复若旧宠矣。"

义曰：世之人所急爱厚密，货财金宝等也。次者，妻子亲朋也。最轻薄而交疏，则德功是矣。人者获罪于天，死候迫之，货财安能俱？其妻子亲友，哀送蒿里而回。唯此功德，永守尔神，祈天保佑。世之人莫与为友，何也？

四　嫠妇养鸡

昔有嫠妇，家养母鸡，酷瘦也，但日日卵生不辍。寡妇意此鸡瘦，然且日生一卵，令得壮，必复倍生无疑。遂更厚养之。已而果肥，自是不复生一矣。嫠妇叹曰："费食废卵，而败我鸡哉！"

义曰：贫穷之善日生，富豢之人绝其德。编者按：参见林译本第一七七则。

五　老圃吁天

种圃者,搰搰然用力甚劳,岁入不赡。天无时乎,怨咨;地无利乎,怨咨。上帝闻之,遣神慰曰:"老圃,维天慈尔,谓帝不公。今任尔植、任尔求,帝罔不畀尔。"老圃欣谢天公:"如是,我无婆矣。"乃莳菜百种,花百品,树百果,祈雨润之,祈露濡之,祈日暄之,雪霜凝之,无不应者。然自是圃畦大荒,增异曩日。夫何故?忘祈风也。雨露无风,过湿而不能润;日露无风,燠燥肃厉而不能成。老圃惭悔,乃向帝天吁曰:"下民其蚩,安用我私!请自今一意受命矣。"

乂曰:独从私意者,自绝于天。凡盈虚损益,顺之勿疑。编者按:参见林译本第八四则。

六　犬逐肉影

一犬噬肉而跑,缘木梁渡河,下顾水中肉影,又复云肉也。急贪属唊,口不能噤,而噬者倏坠。河上群儿为之拍掌大笑。

乂曰:其欲逐逐,丧所怀来,庞也可使忘影哉!编者按:参见林译本第一六则。

七　驴存马亡

爱骏马者,豢以稻粱,时其龁饮,入视皂栈,出饰镳缨。主人非吉行,勿轻用也。家蓄数驴,疲役弗休,饥渴勿恤;相与怒号曰:"异哉,不平乎!"亡何,主人帅师乘骏鏖战,主与马俱被创死。驴独以驮粮抵垒,骇遁归来,乃始大诧曰:"我向视马大惭,今宁作我!"

义曰:茹苦者勿忧,服劳偏不死。编者按:参见林译本第二七六则。

八　狼谗狐

狮子为百兽王,一日病,百兽来候安,独狐未至。狼遂献谗曰:"我辈皆来,狐独否,诚欺王。"狐适至闻之,便进问。狮子大怒,诘后至者何。狐曰:"大王疾,百兽徒来一候安,于大王疾曷瘳?小狐则遍走求良方,顷幸得,即趋前,何敢后?"狮子便大喜,询何药也,曰:"当用生剥狼皮,乘热被大王体,立愈矣。"狮子便搏狼,如法用之。

义曰:谗人之言甫脱于口,剥肤之惨旋罗躬,可畏哉!编者按:参见林译本第二三五则。

九　狐赚乌肉

乌栖枝啄肉。狐欲夺肉,诡谀乌曰:"人言黑如乌,乃濯濯如雪,是堪为百鸟王。但未闻声何如?"乌大喜,嗜然而鸣,肉下坠,狐遂得肉。

义曰:人面谀己,必有以也。匪受其谀,实受其愚。编者按:参见林译本第九四则。

一〇　驴效猁

主人来归,猁猝猋迎之,昂首矫足,荡倚冲冒,主人狎而与嬉。驴见主人之怜猁也,异日伺其归,荡倚冲冒,亦复如是。主人以为不祥,亟屠之。

义曰：等是公家之臣，昵主有分，妄冀以俳优容悦乎？编者按：参见林译本第五二则。

一一　同行遇虎

一老翁与少年友。异日偕出，道由山中，遇虎咆哮前来。少年急缘树上避之。老翁傍惶莫措，偃卧伴死。虎环回且嗅且疑，遂弃去。其少年异而叩曰："何为者耶？迫而嗅，迟疑不食尔？"老翁笑曰："非嗅非疑，只为我密语：'若等友切勿与交。'"

义曰：鸟鸣而下石者，皆虎视而缘木者也。编者按：参见林译本第四〇则。

一二　屋鼠与野鼠

穴屋之鼠出，遇荒野野鼠，延之食，皆恶草间菜蔬。屋鼠曰："谢君意，知君不曾啖珍羞。请与我偕入我室。"因款留，遍觅腥熟诸美味。方共啖饮，猫突至，屋鼠亟从穴孔逃去。野鼠猝无复之，适猫耽逐所弃食，不遑顾，仅以获免。猫饱而退。野鼠招主鼠曰："嘻，岌哉！危子之身以图美食，乃欲令我与子偕毙乎？吾谢子，吾宁安意肆志，茹菲于原野。"

义曰：膻场多危，人共知之，复共怡之。夫惟清净贞正以自虞哉，长不慄而不悲。编者按：参见林译本第二二四则。

一三　徐行可至

行人日暮，问道旁丈人曰："可得抵关门入否？"丈人教之曰："而徐行可得至,疾之不得。"行人怒曰:"诳孩子耶?"趋疾遽前走,气喘足颤,竟踣惫不能更前,关门下键,遂弗内也。于是旋悔,呼:"丈人、丈人,岂欺我哉!"

义曰:进锐偏得退,欲速偏得迟。学者知此,善学矣;治者知此,善治矣。

一四　驴服盐

驴服盐甚重,心恶之,渡河中流,折膝濡负,迁延而后起,盐湛溃,殊快。又日服盐,逆河便复尔。主人廉其情,更使服木棉,倍重。又复尔,许久,水渍棉,益难胜。主人叱曰:"畜生,复敢尔?"

义曰:主命所加于尔,尔安承之。尔必以诈脱,主还将尔诈绳尔。编者按:参见林译本第五五则。

一五　蝇嘬羸创

途之人见尪羸者夫,其胸编者按:"胸"原作"胃",据别本改。创距,群蝇聚嘬,堪怜也;扬箠为驱去。羸夫止之曰:"是若蝇几望腹且已矣。驱使去,饥蝇更复来,厥吮更益嗌。我宁耐忍,慎勿驱。"

义曰:民疾剥肤久,择害与轻,由几食人者之属厌也。食而不厌,可若何?编者按:参见林译本第一七六则。

一六　驴逢人礼

有庄严神相者,驾驴而行,逢人,人辄顶礼。驴不知,谓为己也,

8

俯而喷,仰而嘻。御者呼曰:"骏驴子,顶礼个甚么?"

义曰:德卑而凭尊位,众共祇奉,彼以为奉己也。夫谁知奉位也哉!编者按:参见林译本第一一四则。

一七　口吹凉热

烹人掌鼎镬,趣羹热也,而口吹之,火炽羹热矣。尝羹者趣凉也,而口吹之,气渐凉矣。有童子从旁笑曰:"胡然而欲热,胡然而欲凉,且凉热唯而口出哉?"

义曰:冷暖由人意耳。辅颊之鼓,可使寒谷成暄,可使春丛零叶,洵足畏乎!编者按:参见林译本第二五一则。

一八　业屦者弹写真

写真者,蕲有当于人心也,日悬门首以观人,潜侧听短长,便更之。有业屦者过而曰:"屦如是如是,肖真耶?"写真者闻,亦亟定矣。旦日,此人复过訾曰:"屦是矣。足未委如是。"主人怒出,叱曰:"是非而之业也。去去,勿复议!"

义曰:虚中听受者,不难数更,但未尝其职业,而撩乱焉。世所以议多功少,宜取材。

一九　抬驴走

田父携稚儿行,家有一驴,不得并骑。父曰:"而步弱,驱之,我尚耐行。"人共訾儿曰:"忍若父,若自安?"儿因走,父前驱。行人又訾父曰:"而尚堪而忍儿屦?"尔乃父子俱舍驴徒走。行人又复嗤之曰:"有驴不用,空自惫。"父子于是索木棍与绳,捆驴脚抬走,则更失笑于行人,曰"风子!是父子!"父子大嗔曰:"这们难快人意,搏杀驴勿用。"

义曰:道旁之筑,故自难。欲成乃公事,怨独任之,谤共分之,莫作田父痴。编者按:参见林译本第一四一则。

二〇　王者鸠

群鸟相竞为王,或以形巨,或以声洪,或以色丽,或以力雄,莫肯相下。徐而定议曰:"吾侪羽飞也。飞最高者,真羽王矣。"中有大鸟,奋翼几负天,俯视号曰:"高乎?"众鸟哑然。不知一鸠,先窃附其背而上,大鸟倦飞下来,鸠乃始飞,越更高,于是俨然王者鸠也。

义曰:小夫任术,遂擅其尊。故御下者,不可使之有所托。

二一　雕者从众作

雕者作二像,自信精绝,藏其一,一出示人。或曰此处当何似,辄易。或曰此处当何似,又辄易。或曰此处当增,辄增;当减,辄复减。已而视之,则成一怪形矣。见者惊问故,乃出藏像示之曰:"此夫我独造者,如是;此夫依尔共造者,如是。今且谛视何若哉?"

义曰:人心百千万异,必欲人人称美,则当合百千万异,得不成一怪?

二二　兔胆小

兽中兔胆最小,一日众兔议曰:"我等作兽特苦,人搏我,大狼噬我,即鹰鹫亦得攫我,无时可安。与其生而多惧,不若死,死而惧止矣。"相向往湖中,将溺死。湖岸有蛙,见兔,骇乱入水。前兔遽柅众兔曰:"止、止!尚有怖过我者。"

义曰:有生者,夫各有所制矣,毋自感也。虽然,不忧不惧,岂为能制人？编者按:参见林译本第一三一则。

跋《况义》后

余既得读张先生《况义》矣,问先生曰:"况之为况,何取？"先生曰:"盖言比也。"余乃䁛然若失,知先生之善立言焉。凡立言者,其言粹然,其言凛然,莫不归之于中；至于多方诱劝,则比之为用居多。是故或和而庄,或宽而密,或罕譬而喻,能使读之者迁善远罪,而不自知。是故宜吾耳者十九,宜吾心者十九,且宜耳且宜心者十九,至于宜耳不宜心者,十不二三焉。张先生悯世人之懵懵也,取西海金公口授之旨而讽切之,复编者按:"复"原作"须",据别本改。直指其意义所在,多方开陈之,颜之曰"况义"。所称宽而密、罕譬而喻者则非耶？且夫义者,宜也；义者,意也。师其意矣,复知其宜,虽偶比一事,触一物,皆可得悟,况于讽说之昭昭者乎？然则余之与先生,先生之与世人,其于所谓义一也。何必况义,何必不况义哉？后有读者,取其意而悟之,其于先生立言之旨,思过半矣。鹫山谢懋明跋。

附：况义补

一　罴说

鹿畏貙，貙畏虎，虎畏罴。罴之状，被发人立，绝有力而甚害人焉。楚之南有猎者，能吹竹为百兽之音。尝云持弓矢罂火而即之山，为鹿鸣以感其类，伺其至，发火而射之。貙闻其鹿也，趋而至。其人恐，因为虎而骇之。貙走而虎至，愈恐，则又为罴，虎亦亡去。罴闻而求其类，至则人也，捽搏挽裂而食之。今夫不善内而恃外者，未有不为罴之食也。编者按：此篇为柳宗元作。

二　蝜蝂传

蝜蝂者，善负小虫也。行遇物，辄持取，卬其首负之。背愈重，虽困剧不止也。其背甚涩，物积因不散，卒踬仆不能起。人或怜之，为去其负。苟能行，又持取如故。又好上高，极其力不已，至坠地死。今世之嗜取者，遇货不避，以厚其室，不知为己累也，唯恐其不积。及其怠而踬也，黜弃之，迁徙之，亦以病矣。苟能起，又不艾。日思高其位，大其禄，而贪取滋甚，以近于危坠，观前之死亡不知戒。虽其形魁

然大者也,其名人也,而智则小虫也。亦足哀夫!_{编者按:此篇亦为柳宗元作。}

三　鹰鹑说寓言警语

鹰鹯与鸥鹑结盟。鹑托鹰曰:"吾多子,皆钟爱。若遇吾儿,善视之,斯为良友。"鹰曰:"通家犹子也,即尔不言,吾亦爱之。第鸟交交,在树在野,孰为尔子?"鹑曰:"修翎文羽,巧舌和声,天壤间无匹,是即吾子矣。"鹰曰:"如命。"亡何,鹰游钜野深谷中,群食_{编者按:"食"字疑当作"鸟"。}集焉。念鹑友密嘱,回翔审视,皆佳鸟可爱,恐鹑子在中,忍饥不攫。俄而层崖高巅,群鹑子鸣号声恶,世所稀闻,鹰乃搏食无遗。鹑从他山遥睇,泣詈曰:"胡背盟?将吾子食尽,崖树皆血,胡忍心至此?"鹰骇愕曰:"吾讵忍食君之子?谷鸟具美,诚如君尔道,我不敢食,恐误犯君命所说。恶声自崖树之巅,吾谓非君之子,方乃食之。由尔过称溢美尔子,我遂过信尔言,舍美食丑。讵知君儿甚丑恶,绝非美丽耶?食之咎不在我,而在尔也。"鹑鸟无言,俯首饮泣,抱痛而吁。

今人自夸美善,旁观者烛其丑恶,窃笑而非议之,犹以为人之咎耶?故曰:自美者,人丑之。_{编者按:参见林译本第二五四则。}

四　鸡伏蛇卵

鸡出田野觅食,见傍有卵,似类己卵也,喜而伏之。燕见而嗟之曰:"嘻,胡安处险地哉?此蛇卵也。出螫尔,且毒尔子若孙,无遗类矣!"鸡不信,仍伏之。蛇至,鸡果为所害。

噫!知人甚难,施恩宜择,苟用情不当,宁但不收其德报,尚取其怨报者矣。故曰：泽不仁者，后必受制。编者按：参见林译本第二七〇则。

五　鹳误入捕鹅网

农夫麦熟，天鹅食之，乃张网捕鹅，开其一面，获鸟甚多。中有一鹳，鹳疾呼曰："尔张罗捕鸟，憾食麦者。食之者惟天鹅。彼罹尔网，情实罪当。我不嗜麦，偶出游，道经尔田，混在鹅群，并陷尔网，无辜受害。"农人曰："尔同在田，残麦之群，无所逃罪。"搏碎其首。

甚矣，类聚不可不慎也。鹳鸟以同群而遭捕，丧其生于无用。故曰：交游贵择。编者按：林译本第二七则。

六　凤判鸦鹰优劣

鸦、鹰意不相下，鹰夸其勇，鸦夸其群，求判于凤。凤曰："优劣之实，不在言而在行。各取所获，吾为若判。"须臾，鹰衔一鸽，鸦衔一鼠，俱置凤前。凤曰："何须我断，尔行自判矣。鸽清鼠秽，鹰之过鸦甚明也。"

吁！人之分量不同，无异鸦、鹰，每恃己长而病人短。惟行事之实迹，昭著于人耳目。用人者，师凤凰之判耳。故曰：因行定品，何用夸诩。

七　鸟兽大战

飞鸟走兽相战，咸举族而议。兽奉狮子为王，出令招诸毛虫之属，熊罴虎豹，犀象豺狼，马牛，种种毕集，而兔若驴，亦咸在听令。于

14

是挑选小牙角距,某称猿臂,某负虎头,某举狼烟,某作豕突,某作骠骑,某为骖乘。而诸兽见有兔在,启兽王曰:"今将交兵羽族,彼有飞将军、鹰扬之帅,我当择熊罴之士、虎贲之军敌之,以期必胜。乃龃龉谗兔,亦与选锋,何益胜败之数?可令散去。"兽王曰:"且止。固未必无用。"诸兽又见驴在,曰:"兵贵神速,蹇驴安所用?令散去。"王曰:"且止。亦未必无用也。"迨羽檄交驰,期日已至,百鸟无一来者。兽王疑骇,敌出没早晚叵测,定多埋伏,谁能侦察?乃遣兔为谍者,走禽鸟乌合之山,觇其动静、战守方略,回报命,诸兽喜,尽得敌情。百鸟拚飞而来,诸兽布阵,驴队居前。将接刃,兽王喝令驴鸣。众驴合喙一鸣,百鸟惊散。大捷而还,诸兽深服兽王神算,收功于两长耳矣。

吁!天之生材,虽有不齐,然亦各利用,惟在用之者称其材耳。故曰:能善用者,必有善功。

八　渴蛙入井

时方旱,沟洫尽涸,田中二蛙渴甚,索水不得。忽 编者按:此处疑脱一"见"字。渊井有勺水焉,一蛙大喜,欲从井而饮。一蛙曰:"井微水,止小济一时,然势深九仞;设一入,勺水饮尽,饥渴交侵,巧计莫出,患必丧身。不可!"其一竟投井饮水,数日而毙。

嗟乎!蛙有智愚如此。吾人旅世,苟不权利害之轻重,冒然为之,虽暂染小利,而大祸至矣。故曰:虑终乃能善始。编者按:参见林译本第一三八则。

九　鹰斗蛇

有鹰偶过林皋,见石峡中有蛇熟寝,乃谓曰:"吾嘴极犀利,爪甲劲捷,且性好啖庶味,遍获备尝,独蛇虺尚未尝,盖彼穴难逢。今遇之,何不突入食之?"蛇寤,亟盘旋首尾,锢鹰其中。鹰缩身敛足,垂首丧气。蛇张口吐舌,肆其毒螫,毒入五内。鹰危几死,叹曰:"噫嘻,我痛苦至此!始欲饕蛇肉,以养口体,今乃遭毒,适以丧躯。"

嗟乎!世人营营,利令智昏,取非其有,财聚灾生,遭罹厄会,噬脐何及?良可悼也。故曰:贪利者祸及身。编者按:参见林译本第一八八则。

一〇 鹰与布谷

布谷鸟就田间觅食,一鹰飞过,下而语曰:"尔乃终日俯就草田荒秽,觅食昆虫蝼蚁,何卑陋至此?我高飞远举,百鸟望风敛翼,任我搏食。"布谷曰:"尔威力冠百鸟,我微生也,敢望尔万一?只安卑分,聊度日耳。"未几,鹰窥家鸽,欲攫。鸽主防鹰,张罗以待。鹰陷罗,蹭蹬,而罗愈结,不能出。布谷过而见之,曰:"胡乃至此?尔前日鄙我,我今观尔,得失何如?"

安分逾分之别也。故曰:知止不殆,过求则危。

一一 蛙张腹比牛

石岩有子母癞蛙。一日,遇游食之牛过其傍,母蛙窥见,深羡牛身肥大,自渐卑小。熟思而悟曰:"彼之高大,为多啖草菅故也。"遂日夜饕食,冀亦高大如牛。恣食数日,腹张。小蛙谏曰:"吾母食无度,望如牛大,非计也。牛为牛之分量,蛙为蛙之分量,纵多食何益?"母曰:"尔稚子何知?我食愈多,身愈大也。"不听,未几腹胀而毙。

嗟乎!识见不在高年。有慧智之俊,见事于几先,料祸福于未然,可以忽乎哉？编者按：参见林译本第六七则。

一二　蛇害救者

　　隆冬风雪,行客见道一蛇,料其必死,怜之,装至家,置之密室,邻爨之下,日夕傍烟火气,时与饮食。久之,蛇得厚养,身强力壮,游行自如,口吐毒沫,家人受其螫害。主人不堪之甚,怒曰："汝冻死路傍,引归安养,恩殊不浅,既不受报,反罹其毒。"遂杀之。

　　今人以怨报德,毋亦类此蛇乎？语曰：泛用其恩者,必身受其害。编者按：参见林译本第二四则。

一三　鹰挟龟飞

　　有一龟伏巨石上,俄一鹰止其侧。龟羡语之曰："尔奋发腾空,上下四方,无所不至。我卑伏于地,跬步难移,霄壤景况,洵难逭哉！幸教我飞腾,得如尔,可乎？"鹰曰："我之能飞,有两翅也。尔厚介,飞扬为逾分,安能受我教？"龟求教不已："尔即挟我飞。"鹰即以爪擒之,摩空远去。龟在鹰腹下,遍见山河大地,人物胜景,自谓有能曰："尔释我自飞,无庸挟持。"鹰曰："是何言哉！若此虚高之势,尔焉可离我,我焉忍弃置尔？设释尔,必陨下,坚甲必破坏矣。"龟胶执己见,求释。鹰乃舍之,击石而死。

　　嗟乎！图事当藉嘉谋。苟泥己见,不受善言,终底于败。故曰：舍良策者必致败。编者按：参见林译本第三〇则。

一四　蝇死于蜜

夏月远行,挟粗粝防饥,蜜瓶备饮。至日午,即席地食之,有馀在地,苍蝇营集焉。行者取蜜点水,误坠其瓶,蜜泻地上。蝇闻香,竞舍饭而噆蜜。时方炎,蜜浓沾足,飞鸟见之,辄下食蝇。蝇以养生害生,反致如此。

吁!吾人饮食,以养虚补气,薄味疗饥,庶其可矣。苟厌蔬食,任口腹,肥甘无度,其能免伤生之患乎?故曰:迷饮食者酿疾。编者按:参见林译本第二二则。

一五　破像得金

有苦穷乏者,无策以自养,乃奉一神像于家,旦暮焚香,求神赐惠救贫也。然日求日贫,久之,盛怒而詈曰:"我尽心奉尔有日矣,竟不我鉴,得锱铢之获。尔死像也,何用尔为?"举斧破之,黄金满腹,喜而曰:"我向小心善求,竟不可得。今乃恶求,即获多金。是我之强有力所致,何德于尔?"

然则惠人者,施之适用,人斯志感。或出勉强,迫于时势,非本乎情矣。故曰:惠不由中,人不感德。编者按:参见林译本第一五五则。

一六　樟取祸荻免害

林皋芦荻丛生,间有数围樟树。树轻荻曰:"尔卑小脆弱,根浮叶薄,一经风扫,辄偃仆地,良可怜也。我体干高劲,飙风虽厉,未能折我枝,落我叶,摇我根,恒自晏然。"诘朝,烈风暴起,万木具挠,樟树根拔倒折,不如芦荻枝绵,随风而靡,根叶无恙。荻见樟诮之曰:"尔夸强劲,今受强害。我安柔曼,今享柔利。"

则世人之刚取祸,而柔免害也。故曰:刚强者死之徒,柔弱者生之徒也。编者按:参见林译本第一二六则。

意拾喻言

〔英〕罗伯聃 〔清〕蒙昧先生 合译

编校说明

《意拾喻言》为《伊索寓言》的第二个汉译本,共八十二则。其书刊于 1840 年,为英、汉、粤语拼音之对照本,译述者为"蒙昧先生及其门人懒惰生"(Mun Mooy Seen-shang & Sloth)。蒙昧先生,真名已不可考;懒惰生,则是英国人罗伯特·汤姆(Robert Thom,1807—1846),其中文名为罗伯聃。罗于 1834 年来中国,其编译此书,必在 1835—1840 年间。据 1838 年 9 月《东西洋考每月统记传》载:"省城某人氏,文风甚盛,为翰墨诗书之名儒。将希腊国古贤人之比喻,翻语译华言,已撰二卷。"则译书之分工,或是罗伯聃译英,蒙昧先生译汉。

1850 年代,上海施医院翻印了此书,删去九则,并删去英语、粤语拼音,书名改作《伊娑菩喻言》。1889 年、1903 年,香港文裕堂又据以重印。1877—1888 年,林乐知主编的《万国公报》(第 499—517 期),则据原本连载,共载八十则,无最后二则。此外在日本,此书也翻印两次,书名作《汉译伊苏菩谭》(1876 年)、《江译批评伊苏菩物语》(1898 年)。此书的版本流传,大致如是。

《意拾喻言》的原版,今仅存三本,藏于英国、日本及我国香港。1980 年代,上海图书馆又发现一部,为第四本,惟至今日,又若存若亡,无以获睹。本书据《万国公报》辑出,并据《近代文学大系》翻译文学卷及颜瑞芳校录本,补齐第八十一、八十二则。原书之小序,则作为附录。小题亦存其旧。又其见于林译本者,则于每则之后注出,用备参观。

小引

意拾者,二千五百年前记厘士国一奴仆也。背佗而貌丑,惟具天聪。国人怜其聪敏,为之赎身,举为大臣,故设此譬喻以治其国。国人日近理性,尊之为圣。后奉命至他国,他国之人妒其才,推坠危崖而死。其书传于后世,如英吉利、俄罗斯、法兰西、吕宋西洋诸国,莫不译以国语,用以启蒙,要其易明而易记也。

一 豺烹羊

盘古初,鸟兽皆能言。一日,豺与羊同涧饮水,豺欲烹其羊,自念无以措辞,乃强责之曰:"汝混浊此水,使老夫不能饮,该杀!"羊对曰:"大王在上流,羊在下流,虽浊无碍。"豺复责曰:"汝去年某日,出言得罪于我,亦该杀!"羊曰:"大王误矣。去年某日,羊未出世,安能得罪大王?"豺则变羞为怒,责之曰:"汝之父母得罪于我,亦汝之罪也。"遂烹之。谚云:"欲加之罪,何患无辞。"即此之谓也。编者按:参见林译本第二则。

二 鸡公珍珠

昔有雄鸡于乱草中寻食,忽获明珠数颗,光芒夺目,叹曰:"惜哉,如此宝物,委于坭中,人或见之,不知贵重何似。今我得之,一无所用,反不如一粟之为美也。"俗云:何以为宝,合用则贵。是也。编者按：参见林译本第七则。

三　狮熊争食

《山海经》载：狮子与人熊，同争一小羊。二物皆猛兽，各逞其雄，劲敌终日，卒之彼此皆受重伤，甚至各不能起。适来一饿狐，见二兽皆惫，顺手而得之，曰："多费二公之力。"扬扬而去。二兽眼睁睁无以为法，任其取去，悔之曰："何不割而分之，强如受此欺侮之气。"俗云：鹬蚌相缠，渔人得利。是也。编者按：参见林译本第一五〇则。

四　鹅生金蛋

愚民家养得一鹅，日生一蛋，验之乃金蛋也，喜不自胜，忖曰："吾视其腹便便，其中不知何许？宰而取之，当得大富。"遂杀之。剖其腹，一无所有。正所谓"贪心不得，本利俱失"，是也。编者按：参见林译本第一六六则。

五　犬影

昔有犬过桥，其口咬有肉一块，忽见桥下有犬，口咬肉，不知其为影也。遂舍口之肉而奔夺之，几乎淹死，其真肉已随流水去矣。欲贪其假，失却其真，世人多有类此。编者按：参见林译本第一六则。

六　狮驴同猎

大禹时,狮子与笨驴同猎,得一羊。论理则当平分,惟狮贪心顿起,遂曰:"吾乃兽中之王,理应多分一股。"驴不敢驳。狮犹不满意,又曰:"所得之羊,皆我之力也,又应多分一股。"驴知势不可争,亦强从之,曰:"请即分之。"狮心仍不足,愤然起曰:"分则不分,力大者得之。"于是全得,驴则逡巡退让,悔曰:"强弱不可同事,此我之误也。"俗云"世事让三分,莫道人强我弱"之谓也。编者按:参见林译本第九九则。

七　豺求白鹤

神农间,有豺食物,骨骾在喉,不能出,无可以救。自思必须鹤嘴方可,乃恳其鹤曰:"先生其嘴甚长,弟受骨骾之患,求先生贵嘴向喉一拔,自当重报。"鹤则如其所请,即拔救之,曰:"谢我之物安在?"豺曰:"汝得脱身,已属万幸,犹欲谢乎?若再多言,是欲为吾喉中之物也。"俗云:过桥抽板,得命思财。正此之谓也。编者按:参见林译本第四则。

八　二鼠

村落中有二鼠,本属亲谊,一在京师过活,忽一日来村探旧,村鼠留而款之,所出之食,粗臭不堪,京鼠曰:"汝居无华屋,食无美味,何不随我到京,一见世面。"村鼠欣然同往,及到京,果然食用皆异。一日二鼠同酌,暮来一雄犬,几将村鼠攫去。村鼠大骇,问曰:"此处常有此害乎？"曰："然。"村鼠辞曰："非我之福也。与其惶惶而甘旨,孰若安静而糟糠。"俗云："宁食开眉粥,莫食愁眉饭。"即此之谓也。编者按：参见林译本第二二四则。

九　农夫救蛇

旷野外有冰僵垂危之蛇,卧于草中,适农夫过而动怜,急取而怀之。其蛇得暖复元,即就其胸中咬之,农悔曰："救得彼命,失却己命,何其愚哉。"原毒物之不当救也。曾闻养虎为患,不其然乎。诚哉江山易改,性格难移,非妄言也。编者按：参见林译本第二四则。

一〇　狮驴争气

狮为兽中最恶,驴为兽中最驯。一日,彼此争气。其狮自忖曰："吾乃兽中之王,与此区区者较长短乎？胜之亦不足贵。"遂舍之。俗云"大人不怪小人"之谓也。

一一　狮蚊比艺

狮子与蚊虫,一大一小,相去天渊。一日,蚊谓其狮曰："闻大王力大无穷,天下无敌,以吾观之,究系钝物,非我之对手也。"狮素勇猛,从未闻有欺他者,今闻蚊言,大笑不已。蚊曰："如不信,请即试之。"狮曰："速来,无得后悔。"于是张口舞爪,左支右盘,不能取胜。殊蚊忽然钻入其耳,复攻其鼻,狮觉难受,摇头搔耳,终不可解。甚不耐烦,乃服输曰："今而后吾知斗不在力,在于得法而已。如兵法不论多寡,若无行伍,虽千万人不足畏也。"编者按:参见林译本第一九二则。

一二　狼受犬骗

罗浮山下,兰若幽栖,小犬守于门外,适来一狼,攫而欲啖之。犬跪而请曰:"念犬年轻瘠瘦,即奉大王烹之,亦不敷一飧之饱。何不俟我肥壮,然后食之,岂不善哉。"狼信而释之。越年馀,狼寻其犬,见犬躲于主人内室,狼以手招之,犬曰:"我知之矣,不必等候。此后大王若遇别犬求赦,切不可信。吾乃惊弓之鸟,讶钓之鱼,一之为甚,其可再乎。无劳盼望。"狼悔曰:"'十赊不如一现',即此之谓也。"

一三　驴穿狮皮

驴穿狮子皮,众兽见则畏惧,而奔避之。驴则自以为能,目无忌惮。一日欢呼大叫,声入各兽之耳,始知其为驴也。所避之兽,群起而杀之,一旦粉身碎骨。是驴之不慎故也。使驴若能知机,终身不叫,则驴身狮势,岂不快哉。甚矣,假威风之不能长久也。俗云:狐假虎威。其驴露出马脚来,而弄巧反拙矣。编者按:参见林译本第二四六则。

一四　鸦插假毛

鸦拾各鸟翎毛,自插于其身,居然一彩鹊也。凡鸟见之,必恭敬而礼焉。其鸦自以为乐,不觉欢鸣,其呱呱之声,众鸟怪异,于是莫不知其为鸦也。遂群啄之,通身之毛,不分真假,尽被拔去。如世人每有借光之事,多从言语中败露者,岂鲜哉!编者按:参见林译本第六四则。

一五　鹰龟

龟见鹰高飞万仞,甚为希奇,一日恳其鹰曰:"先生翱翔云汉,亦当怜我高不满寸,身不离地,肯教我飞乎?"鹰辞曰:"飞禽走兽,各有所长,非汝所能也。"无如龟恳再三,鹰则衔其颈而提飞之。飞至半空,曰:"我放汝,速当试之,果能飞否?"遂放口。其龟自半空中跌下,身破骨碎矣。可见物各有其品格,人各有其身分,如事不量力,岂不受害乎。俗云:"飞不高,跌不伤。"是也。编者按:参见林译本第三〇则。

一六　龟兔

禹疏九河之时,凡鸟兽鱼鳖纷纷逃匿,适兔与龟同行。其兔常骂龟曰:"吾见行之迤逦慢顿者,莫如汝也!何不如我之爽快麻利,岂不便捷乎?"龟曰:"汝谓我迟迟吾行者,何不与汝相赌乎?"遂指一处曰:"看你与我谁先到此,则胜之。"兔乃欣然共赌。兔思龟行如是之慢,殊不介意,行至半途,不觉昏然睡去。及醒,其龟已先到矣。悔之曰:"宁可耐而成事,莫恃捷而误功也。"骄兵必败,其是之谓乎?编者按:参见林译本第一四则。

一七　鸡斗

无稽村外,有两雄鸡相斗,卒分胜负。其胜者立于高处,扬扬自啼。适有鹰飞过,闻鸡声,遂撄而去之,其负者反得安然。可知两雄不并立,世事岂能预料？朝暮宜自慎,荣辱不足忧。所谓"螳螂捕蝉,不知黄雀在后","得意须防失意时",即此之谓也。编者按:参见林译本第七〇则。

一八　黑白狗姆

黑狗将诞崽子,苦无地方,乃求其白狗曰:"汝有空房,借我诞育,则感恩于无既矣。"白狗许之。于是育得诸儿,渐次长成,嗷嘈聒耳。白不耐烦,即对其黑曰:"汝已养大诸儿,可以去矣。"黑者曰:"汝能驱逐诸儿,汝当自便,犹恐反为诸儿所逐也。慎之。"白叹曰:"受恩不报非君子,况恶报乎。"俗云:"刘备借荆州,有借无还。"是也。编者按:参见林译本第二五六则。

一九　狐指骂蒲提

狐经蒲提架下,渴欲啖之。因其架太高,跳踊而摘之,不得,遂怅怅然指骂之曰:"此蒲提大不中用,酸而无味。"抑知酸正可以生津而止渴,不过因其不得而反骂之耳。俗云:皆因自己无能,反说他人无用。世间无日不如是也。编者按:参见林译本第一九三则。

二〇　孩子打蛤

水塘有小蛤顽跳,适有小童一队,游玩至此,见而取石掷之。老蛤出而劝曰:"众小官恳勿掷石。此系汝等顽意,倒系我等性命矣。"俗云:无心放炮,玉石俱焚;又云:万物伤残,只供一笑。是也。

二一　蛤蟆水牛

蛤仔在田玩耍，见水牛来，羡曰："大牛来矣！"其蟆好高自大，闻羡水牛，颇不称意，乃鼓其气，以为大似水牛，问其子曰："汝说大水牛比我如何？"仔曰："差得远也。"又鼓其气，再问曰："何如？"曰："仍未及也。"于是鼓之不歇，卒之身破殒命。俗云：妄自尊大，取死之道也；又云：自满自误。其不然乎。蜋支双斧，分量奚知？是也。编者按：参见林译本第六七则。

二二　鹰猫猪同居

摩星岭上有古树，其顶则为鹰巢，其根则野猪盘踞，猫则居其中焉。一日，鹰下种子，呀吱之声，频入猫耳；继而猪又下栽子，于是上下交鸣，均属可口之物。猫则垂涎久之，思极计生，先说其鹰曰："猪蟆不怀好意，汝须防之。"鹰曰："何以见得？"猫曰："吾见其终日扒挖树根，欲倾其树而覆其巢，以取汝子。"鹰曰："果如是乎？"留心窥之，果非谬妄。猫又转说其猪蟆曰："鹰心怀不轨，每每窥探，足下出行，即欲啖汝之子，必须看守为要。"猪初未信，及鹰常窥视，遂信为真。于是各守栽子，一步不行，以致忍饥得病，迨不能起。其猫则上下得而取之，始知中猫之计，无如饥不能兴。俗云：好话不背人，背人无好话；又云：鹬蚌相争，渔人得利。是也。编者按：参见林译本第一八三则。

二三　马思报鹿仇

灵台上马鹿同游,其马每受鹿欺,积怨于心,无以报复,自思必须人力,方可雪恨。乃求一武夫,曰:"马受鹿欺久矣,此恨难消。求壮士为我报仇,马当终身以报。"武夫曰:"汝欲伸冤,必须言听计从,任我驱使乃可。"马曰:"得君相帮,水火不避,无不应承。"武夫遂置鞍蹬系其身上,又以铁环唧其口,从此骑而鞭之,报仇之约,绝不提及。马悔曰:"前受鹿欺,尚不能忍;今受人骑,终身仆仆,悔无及矣。甚矣,人力之不可藉也。"编者按:参见林译本第一九七则。

二四　蜂针人熊

虞舜间,天下太平,春间花木茂盛,人熊游于郊外,忽被蜂针一口,痛甚,怒不可解,遂寻其巢垒而倾覆之。众蜂拥出,团而针之,扫除不迭,乃悔曰:"欲泄一针之恨,反受万针之害。"《论语》云:"小不忍则乱大谋。"其信然矣。

二五　猎户逐兔

峨嵋山下有故园,中有花匠,种植树木,调理花草,甚属整齐,惟恨野兔常来践踏嫩卉,无法禁止,遂请猎户到园,驱逐其兔。猎者昂然披挂上马,悬弓插箭,随带猎犬一队,威风入园。群犬纷纷搜捕,大肆奔逐,所有花木,为之践踏一空。匠悔曰:"兔之为害一年,不若猎者一刻。悔无及矣。"俗云:因避蜂针,反被虎咬。是也。

二六　四肢反叛

一日,四肢会盟,曰:"吾等四肢,日逐辛苦,所得之食,尽归肚腹,气甚难平;而且肚腹并非有事,专待我辈之力。此后我等誓不为他出力,看他如何?"于是足跷手敛,寂然经旬,渐觉癃弱,甚至不能起动,而不知四肢之所以运用者,非心腹主之不行也。心腹未伤,而手足先已死矣。如世人不服官府者,此也。书云:"无君子莫治野人,无野人莫养君子。"即此之谓也。又云:"祸起萧墙。"岂不惜哉。编者按:参见林译本第七三则。

二七　鸦狐

鸦本不善鸣。一日,口衔食物,稳栖树上,适有饿狐见之,欲夺其食,无以为法,乃生一计,曰:"闻先生有霓裳羽衣之妙,特来一聆仙曲,以清俗耳。幸勿见却!"鸦信为然,喜不自胜,遂开声张口,其食物已脱落矣。狐则拾之,谓鸦曰:"将来有羡先生唱者,切勿信之,必有故也。"俗云:甜言须防是饵。此也。编者按:参见林译本第九四则。

二八　裁缝戏法

裁缝匠与变戏法者评论世事,匠曰:"我只会裁缝,别无所长,难以自护,何如足下多才多艺,定自不妨。"戏者曰:"汝勿忧,吾当授汝方法。"遂将一二易学者教之。忽遇年岁饥荒,人民困苦,其戏法者经旬不发市,而裁缝匠究系世所必需,尚能糊口。于是戏法者反求于匠人。俗云："百艺无如一艺精。"是也。

二九　洗染布各业

　　洗布与染衣各不同道,一日洗者与染者商议曰："何不你我同事,岂不更为亲密?"洗者曰："你我不同道,不相为谋。原我洗布之后,雪白无瑕,一尘不染,岂知一经汝手,竟无一毫原色矣。吾已恨入骨髓,尚欲同事乎?"孟子云："矢人惟恐不伤人,函人惟恐伤人。"又何怪乎。
编者按：参见林译本第一二则。

三〇　瓦铁缸同行

　　昔大禹治水,泗淮腾涌,被水冲出瓦、铁二缸,飘流无主。其铁缸谓瓦缸曰："吾视汝体不牢,何不与我一并同行,彼此相依,庶几勿失。"瓦缸辞曰："足下虽然好意,但刚柔不可并立,恐猛流一来,竟如以卵击石,我身必当破矣。"俗云：软硬难以并肩,强弱不可同事。即此之谓也。编者按：参见林译本第八一则。

三一　狐与山羊

　　狐过山边古井,见其水甚清,渴欲饮之,遂耸身落井。饮毕不能上,正在忙乱,忽有山羊经过,狐遂大声羡曰："真好水,甘而且凉,足下快来一试。"羊又耸跳入井,饮后亦不能上。狐曰："足下有两角,易于扳援,请伏于井傍,以身手作梯,使吾先上,然后援汝可也。"羊信而从之。狐则先上,羊曰："快来援我。"狐曰："汝之须甚长,何其智之短也。若得智如须一半之长,何难出此井乎?既无出井之法,不应遽自入井。请罢,请罢。"可见经一事、长一智,是也。俗云:未算入,先算出。又云:未算买,先算卖。不其然乎。编者按:参见林译本第三一则。

三二　牛狗同群

大荒山外,狗坐青草中,见牛来欲啮其草,其狗守而吠之,至有欲咬之状。其牛叹曰:"汝非要食此草,何不让我食之?若遇两须要食之物,岂肯让哉!"如世之守财奴,不利于己,无益于人,甚可鄙也。编者按:参见林译本第四二则。

三三　眇鹿失计

灵囿中有眇鹿,逃出荒郊过活,惟恨自眇一目,不能左右关顾,势必遭于猎人之手,于是日夜寻思,忽得计,曰:"吾必向水边寻食,将眇目临于水边,留此明目以观动静,庶免两边受敌。"迨后但凡寻食,必由水滨,自以为万全之策矣。一日,猎者偶乘小舟,过而见之,弯弓搭箭,应弦而倒。鹿悔曰:"平日所虑之处,反得无患;不虑之处,患反生之。"如世人每每被害,皆出于自恃无妨,不可不慎也。编者按:参见林译本第一〇五则。

三四　愚夫求财

昔有愚夫,贫居终日,不善谋生,惟供奉一财神,朝夕焚香跪恳,求赐金帛,馀无他事。久之殊不见效,而且日贫一日。乃愤然起曰:

"我已诚心日久,早晚祈祷,不为不恭,何以总不见赐?我若再求,亦无益矣。"于是将神毁破,其腹中果见金帛存然。愚夫笑曰:"怪不得俗语有云:善财难化,冤枉甘心。灵神尚且如此,况于人乎。"每见世人再三善求,终不可得,及至逞凶勒搾,即得之矣。编者按:参见林译本第一五五则。

三五　老人悔死

昔有老者,背负重物,跋涉路途,辛苦难耐,不觉叹曰:"阎君来,与我这老贱去罢,吾亦不愿生矣。"于是感动阎王,现形出眼,乃问曰:"汝请我来何事?"老者骇然,悔曰:"阎君果来,性命休矣。"乃诡告之曰:"我之所请,非有他故,不过求阎君为我安妥背上之物,庶不至半途而废矣。"吾见世人每遇难处之际,必曰:"我愿死矣,我愿死矣!"及其至死之日,彼又不愿死者多矣。编者按:参见林译本第八六则。

三六　齐人妻妾

齐人有一妻一妾而处室者,其妻老而妾少,齐人在老少之间。其发黑白间杂,而妻则常拔其黑发,以存白发,意谓与己同俦;妾则常拔其白发,以留黑发,以为良人尚壮,与己相配。未几,竟成秃子。齐人自悔曰:"顺得妻时失妾意,若顺妾时妻又憎,使我左右两难。奈何?奈何?终当自己受亏而已。奉劝世人,切不可如我处境,恐悔之晚矣。"编者按:参见林译本第五八则。

三七　雁鹤同网

昔有猎者,张网于林外,特为网雁鹅而设。一日,网得雁鹅一群,其中有一白鹤。猎者不分雁、鹤,皆欲宰之。鹤求曰:"壮士本欲雁鹅,我乃白鹤,岂可玉石俱焚? 倘邀见赦,自当感德矣。"猎者曰:"汝虽不同道,而已入其队中,安可免罪?"于是悉宰之。如世人必须自行检点,若与恶人同事,则难免于罪戾耳。慎之,慎之!编者按:参见林译本第二七则。

三八　鸦效鹰能

飞禽中惟雄鹰最强,少有不被其害者。一日,于羊队中攫去羊羔一口,适有乌鸦见之,自思曰:"鹰亦不过善飞,竟能擒一小羊,而我独不能飞乎?"于是效鹰所为,即于羊队中伸开两爪,向母羊身上爪去,却被羊毛将爪缠住,不能脱。适牧童来,见而执之,剪其两翼,与小童豢之作戏,曰:"在鸦自视如鹰,而不知究属一笨鸦而已。"嗟乎,世人不自量力,而困其身如鸦者,可胜道哉!编者按:参见林译本第二五三则。

三九　束木譬喻

昔有为父者卧病在床,将绝,众子环听吩咐。其父曰:"吾有一物,汝等试之。"遂掷木条一束,令其子折之,试能断否。众子如命折之,不能断。父诲之曰:"汝且逐条抽出,次第分折,试能断否。"于是莫不随手而断。父曰:"我死之后,汝等不宜分离,合则不受人欺,分则易于折断。此木足以为证矣。"俗语云：唇齿相依,连则万无一失,若分之,唇亡则齿寒,无有不失也。慎之！如以一国而论,各据一方者,鲜有不败,反不如合力相连之为美也。编者按：参见林译本第五则。

四〇　大山怀孕

郊外大山高百丈,周围数百里,一日轰烈之声,惊骇远迩,俱以为怪,各自争往观之,环绕山外,卒无大异。惟一鼠走出,众皆哄然散去,笑曰："高兴来时归步懒。"俗云：虎头蛇尾。正此之谓也。如世人每以大话为头,使人常有大望,而不料归根竟如毫发,则了其事矣。

四一　猎主责犬

曾有猎犬,常随主人围场打猎,百发百中,主人甚爱之,出于群犬之上。因其猎勤,以致牙枯嘴滑。一日,于场上捕得一鹿,被其挣脱,主人责以无用,鞭之。犬不服气,乃对主人曰："犬非故意卖放,犬之所恃者牙也,皆因随猎多年,所捕不可胜数,今已老矣,岂能如常？吾为主人用力,以致牙枯,主人不念其劳,而反责骂,犬实心有馀而力不足也。请恕之。"如世人每以老仆颓迈,犹责其少年所为,是不谅情者也。编者按：参见林译本第一一七则。

四二　战马欺驴

昔有战马,威风自若,扬扬而来。见驴背负重物,踢躞而行,遂以后脚踢之。驴则劝之曰："足下英勇,虽非驴之所及,但各有前程,何必相欺？你能永保有今日之英雄乎？"说毕，其马嘲笑而去。马后因战阵既伤其目，又害其足，不能复上战场，主人卖与商贾，为客负行李。一日遇驴，乃自悔曰："早知今日，何必当初！"编者按：参见林译本第二一九则。

四三　鹿照水

昔者有鹿饮于溪边，自照水影，见其两角峥嵘，甚为自乐，惟恨四足轻小，颇不相称，甚不满意。正叹恨间，忽闻猎者带犬自远而来，其鹿急为奔避，幸得四足轻捷，猎犬追至，鹿则逃入竹林，奈被两角阻挠竹上，欲进不能，卒之为犬所捕。鹿悔曰："我尚恨其脚小，而夸其角长，不知救吾命者脚也，丧吾命者角也！"如世人每速于所害，而舍其所利者多耳。编者按：参见林译本第二五七则。

四四　鸡抱蛇蛋

昔有鸡母，于蛇窝上抱其蛇蛋，将近成功，适有燕子过此，见而劝之曰："鸡嫂，你勿徒劳！此非善裔，你若为之，他日自当受害。"鸡因舍之。如世人所说养虎为患，是也。世上安得有如燕子，唤醒痴人，而从劝有如鸡母者，亦未之见也。编者按：参见林译本第二七〇则。

四五　鼓手辩理

两军对垒，闻鼓声则进兵，锣声则收兵，此战阵之法也。一日，其军大败，鼓手被擒，将临刑，鼓手乞命曰："我非持械杀人者，不过在场击鼓而已,杀人之罪,非我所当。"敌人曰:"你既胆小,不敢勇往向敌,而又催速他人冒死入阵,更当杀!"于是杀之。如世人欲筹办一事,先以危险自虑,不敢亲身力为,又反耸动他人试其利害,自己倒得观望,如鼓手之杀人,该得非刑无赦也。编者按:参见林译本第二四三则。

四六　驴犬妒宠

凡外国风俗,无论男女,喜以小犬玩意,常置膝上摸弄,宠同儿女。一日,驴见而妒之,自思曰:"犬与我同为兽类,彼得献媚于主,而我独不能乎?"于是前蹄压于主母身上,欲作撒娇之状。主人嗔怪,即叱马夫鞭之,是驴之不自量故也。如世人果倚势位可恃者,虽有小过,亦可作为玩意;若下贱之辈犯之,罪无可辞耳。为人自量可也。编者按:参见林译本第五二则。

四七　报恩鼠

狮子熟睡于郊外,小鼠在旁玩跳,惊醒而戏之,狮随以爪覆之,鼠不能脱,哀鸣爪下。狮念小鼠区区之体,杀之无益,不如舍之,鼠得免。后遇狮子误投猎者之网,势不能脱,鼠念爪下之恩,遂将网啮破,狮子始得脱身。如世所谓"十二条梁,唔知边条得力"!又云:"得放手时须放手,得饶人处且饶人。"切勿轻视人小,诚恐今日之小人,是将来之恩人,亦未可定也。编者按:参见林译本第一则。

四八　蛤求北帝

　　蛤蚧安静日久,各守各业,心常不足,喜动不喜静,以为未有国王,于是恳求北帝,选赐一王,以管众蛤。北帝叱曰:"汝等安居自守,快乐无穷,尚不知足,而欲求一王以自束,何不智之甚!"蛤求再三,帝则以木块掷之,其塘忽见响动,众蛤骇然曰:"大王至矣!"各争潜避。少刻,见无大异,渐渐复上,各为恭敬,而阴察其所为,一无所用,乃慢之,集于木上而戏弄之。又复求于帝曰:"蒙赐大王,懦弱不振,吾等每欲换之,乞帝见许。"帝不耐烦,遂放长蛇落港,一到,则食去数蛤。众蛤哇然,奔告于上帝,曰:"蛇王为害,不如无王,请去之。"帝曰:"始求一王,今既与之,何以又欲请去?其好歹是你等自取之也!吾已告诫你等如常,而你等必求更改,应受此害,无俟请也!"如世人本业安乐自如,还不满意,以至弄巧反拙者,吾多见矣。编者按:参见林译本第四六则。

四九　毒蛇咬锉

　　昔有毒蛇,沿入铁铺,遇物即咬。适有利锉在前,蛇则缠而咬之,口触锉齿,血滴可见,以为咬伤此锉,复再咬之。锉曰:"汝心太毒,不能害人,反害自己。"如世有狼心者,常在暗里以言语毁人,而不知实自毁也。慎之!编者按:参见林译本第二八五则。

五〇　羊与狼盟

　　自古狼羊结仇久矣,羊之所以不受其害,乃牧者常以猎犬护之。

狼知犬勇,自忖非其敌手,而又以此羊不得充腹为恨。于是媚于羊曰:"我等本来相好,父交子往,皆因狂犬使我辈如仇。今我等虽受其气,而足下亦未尝不受其制也。何不告知主人,令去之,我等相好如初,岂不善哉。"羊信之,以后不与犬同处,狼则一鼓擒之,羊悔无及。如世人每怨官府管束,不知一无官府,即为贼人所制,更有甚焉。编者按:参见林译本第六二则。

五一　斧头求柄

昔有斧头,虽锐而无用,自思必得一柄,方可见用于世,乃乞其树曰:"先生赐我一木,不过仅为一柄足矣,他日自当图报。"其树自顾枝柯繁盛,何惜一柄?慨然与之。斧得其柄,所有树林尽被伐去。何其树之愚哉!如世人所谓"助虎添翼",又云"递刀乞命",是也。凡人必须各守其分,切勿尺寸与人,诚恐有如斧柄,则悔之晚矣。编者按:参见林译本第一六九则。

五二　鹿求牛救

昔有鹿被逐于猎户,四窜逃命,误投穷巷,逼得奔入牛棚,哀恳众牛曰:"先生救命!"牛许之。鹿曰:"猎户逐我。"牛曰:"猎户不到此处,汝且放心。惟是主人来,则不能保。"鹿则再求护法,牛曰:"汝且藏于队中。"正言时,牧童来饲,止将粮食放下,回身即去,鹿遂得免。牛曰:"主人未来,汝勿喜。吾恐主人来时,汝必不能脱也。"少顷主人果至,先数其牛,后验其遍身,无一不周。于是见有一鹿,扯出宰之。如世间之事,主人未有不最关切者也。编者按:参见林译本第九七则。

五三　鹿入狮穴

鹿因武士追迫,急不能脱,适见面前一穴,疾忙投入,殊料其中有狮在焉。狮心甚喜,不劳而得之。鹿临死悔之,曰:"前有狮子食我,后有武士追我,命该如此! 倘武士得之,或不杀而养之,犹未可料也。今被狮食之,悔何及也!"如因穷困而误为犯法,以致身系狱中,而不知更甚于穷困也。编者按:参见林译本第一三四则。

五四　日风相赌

日与风互争强弱,两不相让,甚欲一较高下。忽见路上行人穿着外套,忙奔而来。日曰:"妙哉,妙哉! 你我各自称大,未能分别,今来人身穿外套,你我各施法术,能使行人脱衣者为胜。"于是相赌。其风则先行作法,大飓突起,几将行人外套吹落,行人以手护持得免。风法既无可施,及至日作法,云净天空,照耀猛烈,行人汗流两颊,热气难当,只得脱下外套。是以日为胜耳。如世人徒恃血气之勇,多致有失,反不如温柔量力,始得无虞。编者按:参见林译本第二三七则。

五五　农夫遗训

昔有一农夫将死,众子环跪乞训。农曰:"余一生耕种,藏有金窖于田亩之中。我死后,你等须速往挖,勿为他人所得可也。馀无别嘱。"少顷归世。众子争往,各各动手,将所有之田,尽行掘过找寻,殊无金窖,而不知其力已见功于田间矣,稼穑茂盛,又何异于金窖哉?

农夫之意,已得解矣。如我皇封禁诸金银山,正使民毋怠惰自逸,以成无用之人也,其意善且深矣。俗云:能可自食其力,不可坐食其金;食力无已时,食金当有尽。编者按:参见林译本第六八则。

五六　狐鹤相交

曾有狐狸,与白鹤相交甚密。一日狐设席相请,鹤则欣然赴席,所陈皆浅碟,碎馔稀汤,鹤因嘴尖,不利于啄,而狐狸则用舐法,瞬息间馐核既尽,杯盘狼藉。鹤则告辞而返,深恨狐之薄待己也。翌日酬席,尽以玻璃罐贮酒食,鹤则甚适其嘴,而狐则抱罐舐之,终无一物到肚。荣辱之报,是狐自取之也。故劝世人不可自存欺人之心,犹恐反被人欺,何可说哉。俗云:"恶人自有恶人磨。"此之谓也。编者按:参见林译本第二三九则。

五七　车夫求佛

一日,车夫将车轮陷于小坑,不能起。车夫求救于阿弥陀佛。佛果降临,问曰:"你有何事相求?"夫曰:"我车落坑,求佛力拔救。"佛曰:"汝当肩扛其车而鞭其马,自然腾出此坑。若汝垂手而待,我亦无能为矣。"如世人急时求佛,亦当先尽其力乃可,任尔诵佛万声,不如自行勉力。编者按:参见林译本第一七则。

五八　义犬吠盗

某富翁家畜一犬。一夜,群盗入室,窃取细软,其犬闻而嗾之。

群盗慌忙即掷饵以饲之,冀其顾食而不顾吠也。殊犬辞之,曰:"犬有监守之责,不敢图哺啜也。如此所为,是卖主矣,非有益于我也。诚恐主人一失,则我独何靠哉?断不忍为此也。"如世人有贿令其仆背主者,切不可信。先坏其主,后及其身,理当然也。仍不可将我一生之声望,委诸饮食之间为要。编者按:参见林译本第二〇一则。

五九　鸟误靠鱼

大禹未治水之先,飞禽、走兽两不相和,斗无虚日。惟飞禽百战百败,绝无取胜之法,日夜焦躁。忽一日,老鸦献策曰:"吾闻鱼受兽欺,蓄怨于心久矣。何不遣一能言之士,说其结盟,彼此协力同心,则破兽必矣。"飞禽从其言,于是咨会鱼王。王因积恨于心,每念独力难支,今见咨文,欣然应允,约期举事。彼此遂兴大师。两军相会,忽见鱼兵虫沿蚁步,既不能飞,又不能走,竟是蠢物,安能与猛兽对敌乎?只得背盟而散。吾见世人谋事,每每不计其帮手能否,妄为可靠,及至临事,毫不能为,可观鱼兵为戒。

六〇　驴马同途

贾人路上用驴马驮负包袱,日行千里。一日,其驴背负过重,难以速行,求其马曰:"足下轻身取路,亦当怜我背负沉重,肯为我分力乎?"马本小视于驴,每有轻贱之意,遂叱之曰:"驴负重物,是尔之本分,休得妄想!"驴故愤恨,又为负重所苦,遂死于半途。贾者剥其皮,并驴所负之包袱,一概系马身上,鞭之使行。马悔曰:"早知如此,不如与其分任,不至今日之苦也。"如世人每每吝力,不肯为人帮助,及至己身,悔之晚矣。编者按:参见林译本第五一则。

六一　驴不自量

昔有驴背负神像,在途经过,见者无不揖拜,是拜其神,非拜其驴也。无如驴故愚蠢,以为人皆拜己也,乃辞之曰:"不敢当、不敢当。"有不能忍者,遂骂之曰:"人皆拜尔身上之神,非拜尔也。何不懂眼至此?"吾见世人多有不自量者,或藉戚友威风,或借囊中尚壮,傍人略加体面,彼必自以为能,是不懂眼之可鄙也。编者按:参见林译本第一一四则。

六二　驯犬野狼

一日,驯犬游行郊外,适遇野狼,乃故友也。于是先叙寒暄,次谈景况。狼称曰:"足下一定纳福,较前肥胖许多,而且春风满面。可怜弟瘠瘦毛长,自形羞涩。足下究用何法调养至此?"犬曰:"我主人常有肥甘饲我,自然较胖于前。汝若肯同我来,自当丰衣足食,与我无异。"狼则欣然从之曰:"我到彼处,诸事生疏,求兄指点。"于是且行且说,忽见驯犬颈上,露出疤痕,狼急问故。犬曰:"我性急,曾被主人锁钥,故此留有疤痕。"狼遂辞曰:"若如此,吾亦不敢从尔往也。宁可自甘淡薄,强如受制于人。"岂不闻乎:能为鸡口,毋为牛后。正此谓也。编者按:参见林译本第一一三则。

六三　狼计不行

昔有猪媪,生下猪仔一群,抚育惟恐不足。适来一狼媪,向猪媪称贺,曰:"恭喜嫂子!育得多儿,未免忙碌,犹恐尔乳不足,妾将助尔分喂诸儿,岂不美乎?"猪㹠察其来意,言甜如蜜,其心不良,乃辞之,曰:"诸小儿那有此福?不敢有劳尊嫂,请离此处,愈远愈佳!"狼知其计不行,遂去。如世人或遇口甜舌滑,格加美意者,必有别故,不可堕其术中。慎之,慎之!

六四　狼断羊案

古有凶犬,具禀于狼,谓羊负伊谷粮数斛,总不肯还,求狼作主。狼则出差将羊拏获,讯曰:"尔欠某犬谷粮,日久不还,是何道理?"羊曰:"并无此事,乃狂犬诬告也。"狼问犬曰:"羊不肯招,尔有凭据否?"犬曰:"鹰鹃皆可作证。"狼即传来鹰鹃,面而相质。鹰鹃称真事,羊欠犬粮,我等目击,并非诬告,乞恩将羊按律治罪。狼对羊曰:"现有铁证,尔尚赖乎?"遂杀之。于是原告之犬,与审事之狼官,并干证之鹰鹃,蛇蝎一窝,共分其羊。如世人若有赀财,每招横祸,又遇贪狼之官,原告如犬,干证如鹰鹃,则不必望其禀公断事矣。谚云:"象有齿,焚其身。"岂不然乎。

六五　愚夫痴爱

昔有愚夫,家畜一猫,视如珍宝,常祝于月里嫦娥,曰:"安得嫦娥将我家猫儿,换去形骸,变一美人,是余之所愿也。"由是夜夜祈祷。嫦娥感其痴诚,姑将其猫暂变美人。愚夫见之,喜可知也。于是宠幸如夫妻焉。一夜同卧帐中,嫦娥以鼠放入房内,美人闻鼠气,疾起编者按:"起"字原无,据别本改。而擒之。嫦娥责之曰:"吾既托尔为人,自当遵行人事,何以复行兽性?"遂复仍变为猫。如世人贪狡之徒,虽则暂行正道,一时财帛触目,自然露出真形。俗云:"江山易改,品性难移。"正此谓也。编者按:参见林译本第二九一则。

六六　鸡鹄同饲

曾有主人,家畜雄鸡日久,复买一鹧鹄,同盂饲食。鸡性独刚,凡见鹧鹄来食,则啄逐之,鹄因受欺太甚,每不输服。一日,见其两雄鸡相斗盂外,乃自解曰:"彼之同类,尚且不容,而况于我乎?"自此不甚怀恨。如世上兄弟尚且争竞不了,而外人宁可望其厚待耶?编者按:参见林译本第二三三则。

六七　纵子自害

"棒头出孝子,骄奢忤逆儿。怜儿多与棒,憎儿多与食。"此古语也。一家人生下儿子,从小姑纵,每事将就,不肯略施鞭挞。及长,无所不为,甚至时犯重法。执之,按律问绞罪。临死时,乞绞手请其母来一别。母至,子曰:"吾有一要言相告。"母即侧耳就听。殊其子忽然将母耳咬去,观者哗然,曰:"这还了得,实为罕闻。"子曰:"众勿哗!皆因吾母自小未曾约束,以致今日,罹此大祸。使当时有过必惩,吾亦不至于此也。"为父母者不可不慎。编者按:参见林译本第八五则。

六八　指头露奸

曾闻猎士逐一狐狸,沿山越岭,其势甚危,迫得窜入村庄,跪乞其庄主曰:"万望暂容片刻,倘得免祸,自当重报!"猎士随后亦至,狐则潜入草堆,见猎士问其庄主曰:"吾逐一狐狸过此,汝曾见否?"答曰:"狐狸已往东方去矣。"然其手仍在西方草堆指之。口虽为狐方便,手则为狐请绑,幸而猎士失觉,奔往东方逐去。狐始从草堆走出,曰:"请了,请了!"不谢而去。庄主执其手曰:"吾救尔之性命,何以略不称谢,就此而去,有是理乎?"狐曰:"汝之指,若早与口相符,吾当重重报谢,因尔之指狡狯异常,非我之忘恩也。"凡人好说谎话,不独口中惟然也。编者按:参见林译本第一二五则。

六九　鸦欺羊善

乌鸦飞落,寻地而栖,见有驯羊在前,遂骑而戏之。羊曰:"老兄,何以将我之身上为汝戏场?不过欺我纯善。假使我是雄犬,汝尚敢戏我乎?"鸦曰:"原知尔性柔弱,是以乃敢所为,使尔苟有刚气,吾亦不如是矣。"俗云:"人善被人欺,马善被人骑。"而况于羊乎?如世云,虽则饶让为高,然有时遇系霸道之辈,亦不可一味让他,诚恐让无了日,不如及早较论之为上也。编者按:参见林译本第二七四则。

七〇　业主贪心

曾有佃户,承耕业主之地,中有老树一株,每年所出之果,佃丁择其善者,先送业主,然后发卖。一日,业主尝其果,格外甘美,遂起贪心,以为本系自己之物,不妨取归,于是挖起,移归园内。其树易地而栽,根枯叶萎,业主乃悔之曰:"是我之过也。我若不移在此,每年尚得果尝,今而后不可复得矣。"俗云:贪心不一,连本俱失。正此谓也。

七一　杉苇刚柔

　　夹岸相映：一边杉树参天，一边芦苇点水，杉苇朝夕相见。一日，其杉讥诮其苇曰："看尔体如柔丝，性如流水，每每随风而舞，风东则东，风西则西，毫无刚气，何如我之正直不屈，岂不快哉！"苇曰："刚柔各有所长。吾虽懦弱，究可免祸；汝虽刚强，犹恐安身不牢。"一日，飓风骤起，其芦苇左右掀翻，终无大害；而杉树早已连根拔起矣。谚云：温柔终益己，强暴每招灾。正此谓也。编者按：参见林译本第一二六则。

七二　荒唐受驳

　　余友人自小出外，曾经各国地方，也曾见过许多世面，及归，尽述所见，多属罕闻。一日，诸人在座，听其所述，渐涉荒唐，但不敢面斥其非，因之愈述愈狂，曾说"我于某处，一跃过河"等语。座中有历练老者，见其荒唐太甚，遂驳之曰："此处亦有一河，汝果能一跃而过，方可往下说去；若不能，请即住口。"说者自知失言，不敢出声。俗云："说话少得实，说话多恐虚。"世间好说话者，当慎之勿忽。编者按：参见林译本第四一则。

七三　意拾劝世

　　加剌巴三千年前，国人未明道理，专好异端，而国法禁之最严。术士被拿者，验有凭据，即杀之。一日拿获多人，正在系缚手足，意拾过而问之，曰："此何为者？"众答曰："此乃术士，今将试之。将其溺于池中,浮水者则为术士,当焚之于火;沉者则为良民,即舍之以归。法之善,莫过于此。"意拾曰:"恶!是何法哉?夫如是,所获者无一生命矣。浮者死于火,沉者死于水,均一死也。不如莫验。"如世上暴虐之官,往往不审虚实,动以刑法求招,甚至伤残肢体,招者则死于律,不招则死于刑。苟不致毙命,而伤肢体,能为之复原乎?不可不慎也。

七四　野猪自护

野猪常在树下,磨有两齿,以备不虞。狼见而问曰:"汝常在此磨牙,当此太平盛世,欲何为哉?"猪曰:"汝何不智若此!吾想猎狗来时,仓皇之下,尚能磨牙应敌乎?不如早为之所也。"编者按:参见林译本第一一〇则。

七五　猴君狐臣

一日,各兽群聚一处,各道所长,以争王位。狮则自称力大,象则自认多谋,狐则久称慧智,马则恃其功高,于是各有所长,不相上下。末后来一猕猴,跳舞怪异,灵变百出,对答如流。于是,各兽推之为王,惟狐颇不输服,以为猴子小技,何足以当至尊?于是诡赚之曰:"大王在上,小臣有话启奏。现在某处有金一窖,必得大王亲往,方可取也。"猴以为然,即从狐往,见有生果贮于笼内,猴不能忍,伸手取之,殊被铁笼脱关,将手压住。猴骂曰:"狐乃奸臣,必须见罪。"狐曰:"我非奸臣,汝乃昏君!一手尚不能保,能为各兽王乎?"谚云:"位高者危。"是也。编者按:参见林译本第七六则。

七六　牧童说谎

牧童受主人嘱咐,看守羊群,以防狼至。牧童常呼狼至,以为顽意;主人奔出,却是牧童说谎。如是数次。后果有狼至,牧童叫救,主人又疑其说谎,是以不出,羊则为狼尽食。劝世人不可说谎,有真事则当误矣。编者按:参见林译本第五四则。

七七　人狮论理

一日狮与人同论,各自称大,不肯相让。人则指一石像脚蹈狮子,曰:"尔看,岂非人大乎?"狮曰:"不然,吾谓狮之爪下,不知埋没多少人也。盖人能塑像,而狮不能也。使狮能塑像,彼亦必塑狮之在人上也。"理之当然,何足怪哉!编者按:参见林译本第二五则。

七八　鼠防猫害

鼠受害于猫久矣。一日,群鼠聚议曰:"吾辈足智多能,深谋远虑,日藏夜出,亦可谓知机者矣。无如终难免猫之害,必须设一善法,永得保全,庶可安生矣。"于是纷纷献策,多所不便,乃后一鼠献曰:"必须用响铃系于猫颈,彼若来,吾等闻声,尽可奔避,岂不善哉?"众鼠拍手叫妙,曰:"真善策也!"于是莫不欣然,各以为得计。其中有不言者,众问之曰:"汝不言,宁谓此法不善乎?"曰:"善则善矣,而不知持铃以系其颈者谁也？请速定之。"由是,众鼠面面相觑,竟无言可答。如世人多有自以为得计者,及其临事,终不能行,吾见多矣。编者按：参见林译本第一〇四则。

七九　星者自误

余于市镇之上，见有卖江口之星相，论人前后事，了如指掌。于是引诱多人，听其断论，内有智者，知其尽属虚浮，故意惊赚曰："先生尚在此处说法乎？汝家被劫，傍惶寻尔。"星者听之，尽弃所带什物，空身跑回。一老者止之，而执其手曰："勿忙、勿忙！吾且问尔，尔既能知人过去未来，又知人之祸福，何不自知若此？"星者始觉人之赚己也。如世人每每不顾前后，混说无稽，可观星者为诫。编者按：参见林译本第一八七则。

八〇　鳅鲈皆亡

鳅为鲈鱼之贼，每见鲈鱼，便追而咂之。一日鲈鱼被逐，其势甚危，只得奋身耸上沙滩，鳅随后追至，亦耸上滩。于是各难展转，非同水上之活动也。鲈虽倦，而鳅亦惫矣。鲈曰："今我虽死，亦得甘心无憾，尔亦不久将归世矣。"如世人知进不知退，如鳅之所为者多矣，故择此以醒之。又如世人得泄其恨者，死且瞑目也。

八一　老蟹训子

小螃蟹游于岸畔，成群逐队，左右横行。老蟹见而骂之，曰："汝这小子，不行正道，俱属横行，宁无惧乎？"众小蟹复曰："吾等所为，悉遵父母行仪，休得见怪。"老蟹被驳，寻思自省，果皆横行，由是不敢则声。俗云：其身不正，虽令不行。此之谓也。如今之官府，往往出示，诫人为善，而彼之身，恐亦未尝为善也。一笑。编者按：参见林译本第八三则。

八二　真神见像

昔有一县城，城中人物颇众，男女皆信奉神，是以建立庙宇甚多，其中有侯王庙，日久年殷，少人祭祀。是日，侯王闲暇，无以消遣，踱出通衢散步，只见铺户生意纷纷，偶然瞥见有神像铺，侯王信步而入，遍视各像：慈悲、劝善，一一俱齐，己像亦在其内。于是先指几位，询订价钱，有取十数者，有取百数者，其价不等。后询及己像，店主云："这位不必问其所值，但尊驾买了那几位，我当将他送上。"侯王道："均是神像，何以他就不值钱？"答曰："尊驾有所不知。诸神皆灵，有求必应，惟这位乃无灵之物，是以不值甚么了。"侯王闻言，红涨了脸，忿忿而去。世俗所谓不自量者，自取其辱，有如此也。编者按：参见林译本第一二四则。

附：《意拾喻言》叙

余作是书，非以笔墨取长，盖吾大英及诸外国欲习汉文者，苦于不得其门而入，即如先儒马礼逊所作《华英字典》，固属最要之书，然亦仅通字义而已；至于词章句读，并无可考之书。故凡文字到手，多属疑难，安可望其执笔成文哉。余故特为此者，俾学者预先知其情节，然后持此细心玩索，渐次可通，犹胜傅师当前过耳之学，终不能心领而神会也。学者以此长置案头，不时玩习，未有不浩然而自得者，诚为汉道之梯航也。勿以浅陋见弃为望。知名不具。

海国妙喻

〔清〕张 焘 辑

编校说明

《海国妙喻》刊于光绪十四年(1888),凡七十则,天津时报馆代印。署名"赤山畸士汇抄"。据卷首序云:"近岁经西人繙以汉文,列于报章者甚夥,……余恐日久散佚,因竭意搜罗,得七十篇,爰手抄付梓。"知其并非《伊索寓言》的新译本,而是经过改写的汇辑本。赤山畸士,是张焘的别号。张字赤山,别号燕市闲人,钱塘(今杭州)人。生于北京,幼随父寓天津。除《海国妙喻》外,又辑有《津门杂记》。

《海国妙喻》的刊本,今存世较多,国内各大图书馆中,所藏非一。又有阿英、颜瑞芳校录本。兹据光绪十四年本排印,并参校颜本、阿英本。小题为原有,今亦存其旧,不复另拟。可与林译互见者,则用"编者按",注明于每则底下。

序

自来圣贤之教,经史之传,庠序学校之设,《圣谕广训》之讲,皆所以化民成俗,功在劝惩。无如人闻正言法语,辄奄奄欲睡,听如不听,亦人之恒情。曷若以笑语俗言警怵之,激励之,能中其偏私蒙昧贪痴之病,则庶乎知惭改悔,勉为善良矣。

昔者希腊国有文士名伊所布,博雅宏通,才高心细。其人貌不扬而善于词令,出语新而隽,奇而警,令人易于领会,且终身不致遗忘。其所著《寓言》一书,多至千百馀篇。借物比拟,叙述如绘,言近旨远,即粗见精,苦口婆心,叮咛曲喻,能发人记性,能生人悟性,读之者赏心快目,触类旁通,所谓"道得世情透,便是好文章"。在西洲久已脍炙人口,各以该国方言争译之。其义欲人改过而迁善,欲世反璞而还真,悉贞淫正变之旨,以助文教之不逮,足使庸夫倾耳,顽石点头,不啻警世之木铎,破梦之晨钟也。

近岁经西人士翻以汉文,列于报章者甚夥。虽由译改而成,尚不失本来意味,惜未汇辑成书。余恐日久散佚,因竭意搜罗,得七十篇,爰手钞付梓,以供诸君子茶馀酒后之谈,庶可传播遐迩,藉以启迪愚矇,于惩劝一端,未必无所裨益,或能引人憬然思,恍然悟,感发归正,束身检行,是则寸衷所深企祷者也,幸勿徒以解颐为快焉可耳。是为序。光绪十四年岁次戊子天中节,赤山畸士谨识于紫竹林之致知讲舍。

一　蝇语

人心不古,世道日非,东西皆然。适有欧洲儒士某某,欲设曲喻罕譬以规谏之、善诱之,冀挽浇薄之风。正在据案凝神,执笔搆思,忽闻营营小声,举目视之,则见众蝇飞止窗间。俄有一蝇从外飞入,见众蝇闲叙,遂骂曰:"尔等胡为饱食终日,无所用心乎?"众蝇笑曰:"子亦游荡之徒耳,何责我为?"蝇曰:"余适从学塾中来,何云我亦游荡乎?"众不之信,蝇即以口吐墨为据。众蝇曰:"噫,子虽从学塾中来,亦曾闻古之学者果何事乎?吾辈闻古之学者,首敬天,次孝亲,以至五伦敦,百行修,凡事务求躬行实践,未闻徒以墨饱口为学也。况子之口所吐者,尤属当今之烂臭墨乎!窃恐为明公掩鼻捧腹所深恶也。"蝇闻之无愧色,悻悻以去。

二　踏绳

意大利有妇人,为踏绳之戏颇精,习之者莫能出其右。一日于场中演诸技,妇人手持一竿,两端重而中轻,以颤以衬,前行倒走,飘飘然如蝴蝶惊风,如蜻蜓点水,观者称赏不绝。妇人忽大言曰:"是不足奇。吾辈能为此者,恃有竿耳。试看舍竿以戏。"竿舍而人扑,已面青唇赤,呻吟不绝矣。噫嘻!竿固童而习,未尝一日离者也。如百工之有规矩然,舍之则无以成其事,如生人之有礼义然,舍之又何以立于人世哉!

三　守分

某富商宅第，其西偏有小圃，杂植花卉，桐亦孤峙其中。一夕月明如昼，清风徐来，群卉曰："余等方始烂熳，奈主翁远适，赏识无人，徒自争妍斗丽于蝉琴蚓笛之间，殊深寂寞。况商飙一起，萎谢难留，知音尚渺，渴思悠悠。"孤桐俯应曰："子言是也。亦愿闻吾怀乎？吾自根移金井，废置荒苔，迩日琴材未就，仪凤何来？终偕腐草同摧，可不悲哉！"言既，相向咨嗟。雁来红从旁慰之曰："尔等休矣，奚事怨嗔！升沉遭际，悉有原因。花以娇妍而难久，桐缘孤僻而无邻。反不及我，本色秋陈。老而复少，涵养天真。居易自乐，又何羡乎超伦。安常守分，佳境遄臻。经霜愈健，晚景则胜于青春。"桐卉叹服，各各首肯而分襟。噫嘻！老少年其明心见道者乎，何其言之衷乎理也！

四　鼠防猫

鼠受害于猫久矣。一日，群鼠聚议曰："吾辈足智多能，深谋远虑，日藏夜出，亦可谓知机者矣。无如终难免猫之害，必须设一善法，永得保全，庶可逸然安生矣。"于是纷纷献策，皆格碍难行。乃后一鼠献曰："必须用响铃系于猫颈，彼若来时，吾等闻声，尽可奔避，岂不善哉！"众鼠拍手叫绝曰："真善策也！"于是莫不欣然，各以为得计。其中有缄默不言者，众问之曰："汝不言，宁谓此法不善乎？"曰："善则善矣，但不知持铃以系其颈者谁也？请速定之。"由是众鼠面面相觑，竟无言可答，徒唤奈何。噫！坐而言者，不能起而行，诚可恨而亦可怜。

编者按：参见林译本第一〇四则。

五　犬慧

某富翁家蓄一犬,饲养周备,体恤入微。一宵群盗入,遂尔哓哓。盗投以饵,犬辞之曰:"吾虽犬属,亦知大义,既蒙主德抚养,终身即忠勤将事,尚多抱歉,何得苟图哺啜,负监守之责?卖主顺贼,丧尽天良,人将焉用彼犬矣。且尔亦有犬,食尔之禄,不顾尔事,私受苞苴,尔其愿之乎?况尔黉夜入人家,其心叵测,安知饵中不有毒乎?忘恩负义,吾决不忍为,请勿妄想。"于是裂眦相向,挺身前往,舞爪张牙,咆哮狂噬,大有势不两立之状。主翁惊觉,盗亦远飏,犬则归卧,毫无伐色云。噫嘻!主人有失,我将何赖?岂可将我一生之声望,委诸饮食之间,其不受贿嘱也,诚慧矣哉!编者按:参见林译本第二〇一则。

六　救蛇

旷野外有冰僵垂危之蛇,卧于草中。适农夫过而动怜,急取而怀之。其蛇得暖复元,即就其胸中咬之。农悔曰:"救得彼命,失却己命,何其愚哉!"原毒物之不当救也,曾闻养虎贻患,其不然乎!诚哉江山易改,性格难移,非妄言也。更可知施惠行仁,亦当要有知识,勿以妇人之煦煦为仁,勿效细人之爱人也以姑息。编者按:参见林译本第二四则。

七　狐鹤酬答

曾有狐狸与白鹤,相交甚密。一日狐设筵相请,鹤则欣然赴席,见所陈皆浅盘小碟,碎馔稀汤。鹤因嘴尖,不利于啄,而狐则用舐法,瞬息间肴核既尽,杯盘狼藉。鹤则枵腹告辞而返,深恨狐之薄待己也。翌日酬席,尽以玻璃瓶罐,贮酒浆、果品、鱼肉。鹤则甚适其口,而狐乃抱瓶罐舐之,徒闻芬馥喷鼻,鲜艳夺目,竟无一物遂其朵颐也。噫!顾己不顾人,欺人即欺己,荣辱之报,是狐自取之耳。编者按:参见林译本第二三九则。

八 贼案

波斯国例,拏获贼犯,罪当论死。昔有盗贼,破案审实,禁锢囹圄,处决有期矣。其贼谓狱卒曰:"予有宝石一方,得之异域,种于地下,能生金无尽。予死后,此宝失传,子盍为我转达于王,庶不负宝石之奇也。"狱卒以其言上告于王,王喜出望外,随即率领卿相、户部大臣、掌教首领,欣然往狱中,谓贼曰:"尔果有宝石,种之能出金乎?"贼曰:"然。第欲种此石,必须终身未作贼者,方可出金,否则种之无验也。王可种之乎?"王曰:"予幼时曾窃王父金银,以供挥霍,未可种也。"问之卿相,对曰:"臣于偷窃一事,不敢自信必无,臣不能种也。"问之户部大臣,对曰:"国中钱漕悉归臣手,纵非有心侵蚀,然难免有时移挪舞弊,恐种之亦无益也。"问之管教首领,对曰:"教会中捐款公项,臣董其事,牵罗补屋,染指于鼎,久假不归之举,愧不能免。臣若种之,恐于事无济,金于何有哉!"贼闻之,顿足叹曰:"天乎冤哉!贼情如此之多,而皆无罪,何予一人当论死乎?"王笑而赦之。嘻!由此观之,孰能无过,谁是完人?

九　二鼠

村落中有二鼠，本属亲谊。一在京师过活，忽一日来村探旧。村鼠留而款之，所出之食，粗臭不堪。京鼠曰："汝居无华屋，食无美味，何不随我到京，以见世面？"村鼠欣然同往。及到京，果然使用皆异。一日二鼠同酌，欻来一雄犬，几将村鼠攫去，相顾大骇，因问曰："此处常有此害乎？"曰："然。"村鼠辞曰："非我之福也。与其傍惶而甘旨，孰若安静而糟糠。"俗云："宁食开眉粥，莫食愁眉饭。"与其富贵多危，莫如淡泊自乐之为愈也。编者按：参见林译本第二二四则。

一〇　学飞

古时有千岁龟，徘徊于青山绿水之间，侣鱼虾而友麋鹿，意甚陶然。偶一举首，瞥见苍鹰振翼扶摇，翱翔万仞，甚为希奇。中心艳羡，乃谓之曰："先生可谓真神仙矣。腋间风起，足下云生，虽十洲三岛，一任遨游。可怜吾身高不满寸，终岁匍匐，较之先生，何止霄壤之别。请将冲举之方授我，则铭感无既。"鹰答曰："飞潜动植，各有所长，莫能相强，是非汝所能也。汝必欲雄飞，非徒无益，而又害之。"无如龟恳求再四，鹰勉从所请，只得以爪提其尾，飞上天空，乃曰："我且放汝，当试行之，果能飞否。"遂张其爪。龟自高跌下，飘忽不能自主，砉然一声，坠于石上，呜呼哀哉，身成齑粉矣。可见物各有品，人各有分，如事不量力，为害不浅。俗云："飞不高，跌不重。"是也。编者按：参见林译第三〇则。

一一　喜媚

鸦之为物,本不善鸣。一日口衔食物,稳栖树上。适有饿狐见之,欲夺其食,无以为法,乃心生一计,曰:"闻先生有霓裳羽衣之妙,特来一聆仙曲,以清俗耳,幸勿见却。"鸦信为然,喜不自胜。遂开声张口,其食物已落。狐则拾而啖之,仰谓鸦曰:"将来有羡先生歌唱者,切勿信之,必有故也。"俗云:"甜言须防是饵。"又云:"言甘者,其诱我也。"编者按:参见林译本第九四则。

一二　忘恩

盘古时有豺,食物过急,骨髓于喉不能出,无可救,自思必须鹤嘴方可。乃恳其鹤曰:"先生其嘴甚长,弟受骨髓之患,求先生贵嘴,向喉一拔,自当重报。"鹤则如其所请,即拔救之,曰:"谢我之物安在?"豺曰:"汝得脱身,已属万幸,犹望谢乎?若再多言,是欲为吾腹中物也。"俗云:"过桥抽板,得命思财。"正此之谓也。编者按:参见林译本第四则。

一三　求死

昔有一翁,年逾古稀,家贫无后,日往山中拾取枯枝,负市唤卖。一日经过崎岖,不堪跋涉,乃委柴于路侧,喘息而叹曰:"生而如此受苦,不如死之为安。阎君,阎君,胡不速来,收我老朽乎?"言未毕,阎君已遣鬼卒,现形立于前。老翁大骇,自思鬼卒之来何速,我命休矣。

鬼卒问曰："汝唤我何为？"翁诳曰："请君非为别事，只因柴捆太重，脱卸于地，请君助我上肩，则感德无暨矣。"此如世人每遇艰难，必有求死之心，及至死到临头，则又贪生怕死矣。大抵皆然，何独此翁哉！编者按：参见林译本第八六则。

一四　金蛋

闻有人蓄一牝鸡，日产一金卵。其人欣喜非常，贪心顿起。窃疑既产金卵，腹中自必累累无算，于是剖而视之，空空如也，了无他异，因懊丧欲死云。大凡天下悭吝之徒，欲财之速得，反至弄巧成拙。彼谿壑难填，急欲求富者，盍鉴诸！编者按：参见林译本第一六六则。

一五　肉影

闻有无主之犬，随处掠物为生。一日饥火中焚，计无所出，浪游街市，以伺其便。适一家备子婚筵，窃入厨房，冀充一饱。幸遇厨师盹睡，遂偷肥豚一方。顾念此间攘往熙来，诸多不妥，未若踱过板桥，卧草中而安享之。正至河中，忽见其友来自桥下，口中衔肉，较己偷者硕大无朋，鲜艳出众。羡慕之下，友谊顿忘，奸图飙发，务苟得之。勇往夺之，口启肉堕，己亦随之，几遭灭顶，方悟为肉之影也，悔何及之。编者按：参见林译本第一六则。

一六　柔胜刚

日与风互争强弱，两不相让，甚欲一决雌雄。忽见路上行人穿着外套,忙奔而来。日曰:"妙哉、妙哉!尔我各自称雄,未分高下,今来人身穿外套,尔我各施法术,能使行人脱衣者为胜。"于是相赌。风则先行作法,大飓突起,欲将行人外套吹落。行人以手护持,终不脱卸。风法既无可施,及至日作法,云净天空,光耀猛烈,行人流汗两颊,热气难当,只得脱下外套。是以日为胜耳。可见刚强不能服人,和平自足感物。如世人徒恃血气之勇,多致有失,反不如温柔量力之为胜也。编者按:参见林译本第二三七则。

一七　虫言

时值冬季,天气严寒,霜飘雪紧,冷气侵肌。有蚁国君臣及其黎庶,先时操作,积聚馀粮,千仓万箱,不计其数。斯时也,可以安居窟室,无内顾忧。乃有蟋蟀氏者,几经盛暑,度过秋光,遇此风霜凛冽,霰雪霏微,不觉饥寒交迫,残喘难延,既无障身之具,安望果腹之资。不得已,匍匐中途,至蚁国居民,扣扉告贷,下心抑志,羞色堪怜,求栖身于宇下,乞残滴于杯中。蚁氏启扉而语曰:"异哉!尔之不耻实甚。胡不早图,自谋家室,顶积仓箱,以备不虞;今乃转叩人户,效昏暮之求耶?"蟋蟀怅然曰:"惜乎!悟已往之不谏,或来者之可追。回忆午夜风清,我则唧唧,或在堂,或在室,伴骚客之清吟,助幽人之离叹;更当秋色清华,或吟风,或弄月,间旅人之残梦,动闺阁之愁思。乐意陶陶,扬扬自得,又何暇计及后来之岁寒日冷哉!"蚁氏哂而言曰:"我国君臣,有一定例,凡于夏日及时行乐,不为勤俭计者,冬月必作饿殍,理所然也。凡我众生,既无求于人,又安肯假与人也哉?君请他适,毋扰我圉!"编者按:参见林译本第一一则。

一八　鹿求牛救

昔有鹿被逐于猎户,四窜逃命,误投穷巷,逼得奔入牛棚,哀恳众牛曰:"先生救命。"牛许之。鹿曰:"猎户逐我。"牛曰:"猎户不到此处,汝且放心。惟是主人来,则不能保。"鹿则再求护法。牛曰:"汝且藏于队中。"正言时,牧童来饲,止将粮草放下,回身即去。鹿遂得免。牛曰:"主人尚未来,汝勿喜。吾恐主人来时,汝必不能脱也。"少顷,主人果至,先数其牛,后验其遍身,无不周到。于是见有一鹿,曳出宰之。知世间之事,最关切者莫如主人。编者按:参见林译本第九七则。

一九　丧驴

昔有一磨面乡民,与其子驱驴赴市售卖。行至中途,遇妇女数人,谈笑而来,见其父子策蹇行,笑之曰:"世间有此愚人乎!空其驴背,而自甘跋涉之劳。"乡民闻言,令子乘之,己则蹀躞于驴左。行数武,又遇老者聚谈,见其子骑而父驱,一老者叫曰:"古人言子不孝顺,劳苦其亲,今益信矣。不见少者乘坐,而老者奔波乎!"即斥其子曰:"尔实懒惰无礼,何不下而奉父骑之。"其父遂命子下而自乘之。又未数武,遇一群妇孺,嬉笑于道周,见其子在后驰逐,笑之曰:"看此老殊不近情,尔子幼年孱弱,安能与驴并驱,何不使之同骑乎?"乡民不敢违,乃父子并骑之。将近市,遇一客,问之曰:"驴系尔自有耶?抑借诸人耶?"曰:"吾自有之。"曰:"我谓尔必借诸人者。如系自有,则未有若此劳之者也。与其使小驴载尔父子?而力不能胜,何若尔父子抬驴,岂不力能胜之也。"乡民复阿其意,与子缚驴而舁之。行至市桥,市人见老小舁一驴来,群起而观,拥背挨肩,人声阗然。驴见之而不受缚,悉力挣扎,绳忽断,竟堕桥落水,弗可捞救。乡民垂头丧气,携子空回,自恨曰:"予好随人言,终未得人欢,徒丧吾驴,今而知人言之误我也。"噫!世之耳软心活,胸无成见,畏首畏尾,毫无决断者,当以此老为鉴。编者按:参见林译本第一四一则。

二〇　觅食

野猪游行柿树下,得烂柿而食之,日以为常。一旦无风,柿不下落,猪复寻之,不可得,哼哼而怒,以嘴掘土,宛如沟壑,遍觅亦不可得。猪本蠢物,思柿由地而生,不知柿在树上,而不在地下也。噫嘻!尝见世人,鸡鸣而起,孳孳为利,风尘奔走,不遑暇食,每求财于地,殊不知财出自天也。语不云乎哉:"富贵在天。"

二一　二贤

有崇奉古教者甲乙,兄弟也。性皆愚,而笃信彼教甚专,日数往礼拜寺念经作功德,以为常,此外一事弗省也。一日,弟兄又往寺持诵。寺固有棚,适当匠作补缀,时有数绳下垂,为风摇曳,偶触甲面。甲心在持诵,遽被绳拂,经典顿忘。愤极,迁怒于匠人无知,挠乱吾侪公事,势必少割其绳,使之不能适于用,方足以释憾。继思少割其绳而释憾,其识浅,且非学道人所为;若不全绳割尽而留之,扰及他人,其贻患大。于是取佩刀枚衔之,而以两手挽绳,猱升以上。至尽处,一手挽绳,一手奏刀,绳立断,人无所系,随绳坠,一落数丈。幸其下有拜垫,不然伤肢骨,捐生命,均所不免。卧昏地上时,握绳犹自若也。其弟乙旁睇所为,不禁抚掌大笑曰:"何为若是愚而又愚之甚也!试看吾割绳,足以鉴兄之谬,而益兄之智。"因亦持刀如兄上升。比升至尽处,乃不从执绳之手上割,而下割之。绳飘然落,而人飘然悬不上不下之间,生命之危迫,更有甚于下坠者矣。其兄亦从旁大笑不止,曰:"尔笑我愚之甚,今见尔愚更甚于我者矣。"乙此际耳无闻,目无见,惟号救不绝。幸有匠人来,引梯而下之,乃得脱厄云。噫!此二人之愚无论矣。然世之类此者,正复不少。有取长梯登台,拾级而上,比得置身青云,则将当日之梯我者,排挤而倾侧之。此则幸恩之大者。又有藉一线绳索以登者,初何尝不重仰赖绳而思图报绳,及至高据显要,势必割绳以自遏。此又甘心负义,为罪有不可逭者,不又出于下坠者之下耶!世更有聪慧自雄,见人之为,悉谓过愚;及其自为,则又不过寄身绳上之智耳。安知自以为智者,其愚之不可及也!

二二　纳谏

鸡伏蛇卵,功将成,燕姑过访,见之,曰:"鸡嫂,鸡嫂,勿自苦劳。此非善类,性多奸狡。及其长成,势必恩将仇报。恐尔苗裔,受累不少。那时悔之,得无欠早?是宜速省,以免后来悲悼。"鸡遂大悟,弃而归。编者按:参见林译本第二七〇则。

二三　人狮论理

一日,狮与人同行,各自称大,不肯相让。人则指一石像,脚蹈石狮,曰:"尔看!岂非人大乎,此其明徵也。"狮曰:"不然,吾谓狮之爪下,不知埋没多少人也。"噫!列公可想而知,盖人能塑像而狮不能也;假使狮能塑像,彼亦必塑狮之在人上也。理有固然,人又编者按:"又"原作"有",据别本改。何足奇哉!编者按:参见林译本第二五则。

二四　斧头求柄

昔有斧头,虽锐而无能为,自思必得一柄,方可见用于世。乃乞其树曰:"先生赐我一木,不过仅为一柄足矣。他日自当图报。"其树自顾枝柯繁盛,何惜一柄,慨然予之。斧得其柄,所有树林尽被伐去。何其树之愚哉!如世人所谓"助虎添翼",又云"递刀乞命","太阿倒持",是也。故当量材使器,慎勿以尺寸假之小人,诚恐有如斧柄者,则悔之晚矣。编者按:参见林译本第一六九则。

二五　多虑

某地乡民有小女,年甫十龄,而生性善忧,见事每作远虑,恒终日戚戚,颦眉泪睫,大有老人情态,人因名之曰"多虑"。一日,其父将延客,令多虑赴肆行沽。久之未返,遣人往寻。方抵门,则见多虑坐阈上恸哭,又见门楣悬铁斧一柄。其人不解,因近问:"曾沽与否?何故伤怀?"多虑含涕对曰:"顷我出门时,忽睹此斧悬诸门楣,恐其伤人;继又思吾出嫁生子,幼弱来此,设值斯斧落下,恐即丧命。是以感触于中,不禁恸哭流涕,忘其所以,殊未忆及沽酒也。"嘻!深谋远虑,尤当揆之以理,倘心多过虑,于事无补,不诚杞人之一流哉!

二六　说谎

昔有牧童,为人牧羊于野,童幼无知,辄戏言曰:"狼来矣,狼来矣!"众奔出视之,狼固无有也。众归后,不意果有狼来,童急曰:"狼真来矣!"众以其谎也,不之理,致羊为狼食尽。悲夫!世之好说谎者,平素人皆知其诈,虽真遇急难,求人援手,而人亦不之信矣。编者按:参见林译本第五四则。

二七　木条一束

昔人某,生有数子,一日病卧将绝,众子环听遗命。其父曰:"吾有一物,尔同试之。"遂掷木条一束,令其子折之,试能断否。众子如命,力折不能断。父曰:"汝且抽出,逐条分折,试能断否。"于是莫不随手而折。父乃教之曰:"吾死之后,尔等不可各有异心,不宜分居各爨。合则不受人欺,分则易于折断,此木足以为证。"谚云:协力山成玉,同心土变金。唇齿相依,彼此相辅,守望相助,众志成城,不当如秦越人,漠不相关。若唇亡则齿寒,势难独立也。推之各事,莫不皆然。果能同心联络,合力应援,自必强固而久安焉。编者按:参见林译本第五则。

二八　罗网

有青衣童子,聚则成雷,散而止棘,翱翔自得,一若与世无争者。偶憩藩篱之下,罗结子见而笑之曰:"公子别来无恙耶?今余已扫花径,开蓬门,子盍来深柳堂内,小驻行旌?余将引子升螺旋之梯,登凤舞之楼,红窗射日,碧槛凌风,子能从我游乎?"童曰:"子欲欺我,难矣哉!余耳子名久矣。彼惟不知者,直以罗刹国为温柔乡耳。予素谂入子室,升子堂,亦犹兽入柙,鸟投罗也。子何不择人之甚耶!"罗结子曰:"余之所以高其阁,曲其栏,煞费经纶者,惟欲挽高贤之税驾,迓上客之清尘。今吾子不歌乐土,而疑起杯弓,岂无苍苍者在上耶?如勿吝教,则敝榻久悬,请为子下。此中衾裁水锦,帐织云罗,风雨连床,光明达旦,以苍溟之志,作黑甜之游,亦一觉黄粱,管作二十年太平宰相也。"童曰:"其然,岂其然乎?吾恐邯郸一度,滔滔不归,是以不敢请。"结子曰:"信如君言,莫肯我顾矣。然余企子磊落之才,断不忍使逍遥空谷,枵腹而归,将略事杯羹,作都门之饯。虽盘飧市远,味不能兼,而野蔌山蔬,差可庶几式饮。"童曰:"雅意深情,原不敢负,第予适承友饮,既醉既饱矣。虽有佳肴,请俟诸异日。"竟揖而去。罗结子目逆送之,无以为计,数四沉吟,乃憬然悟曰:"有、有。"爰入而牵萝补屋,吐沫润垣,作绸缪之牖户。经营既已,潜身俟之。不逾时,童复至,其趾高,其气扬,以颃以颉,下上其音。罗结子从而誉之曰:"子矍铄哉!以子青年美貌,高举若凤鸣修竹,其声喈喈;俯临如雁落平沙,其飞款款。目澄秋水之光,眉叠春山之翠,丰度翩翩_{编者按:"翩翩"原作"翻翻",据别本改。},居然佳公子也。较予漆身黔首者,可同日语哉!"童不觉欣然而谢曰:"子何言之当、知之深也。然子亦何不自图奋飞,遨游天壤间,而独甘心雌伏,徒守株以待耶?"结子曰:"聆子言,实获我心。今而后,与子偕行。倘弗吝提携之力,为幸多矣。"童子于是情投意合,相得甚欢,即罗网之设,亦无暇顾及。转瞬间,遂入缠绵之境,而不堪回首矣。蝇自觉危甚,乃哀吁曰:"蛛兄,为我以解倒悬乎?"蛛乃莞尔笑曰:"子何前倨而后恭也!子有迎风之技,今亦倦于飞乎?子有凌云之志,今亦厄以困乎?且余待兔者也,何能为役?今既枉顾矣,予不能拯君之命,惟能速君之死。资君之身,果我之腹。佳城在即,尔将得其所哉。"遂毒焉。

醒世子曰:噫!蝇亦有罪矣。夫天下高而不危者鲜矣,况自顾貌躬,有何德能?鼓翅而前,宜谨宜慎;摇唇而止,毋侈毋贪。持身非曰不严,而卒以骄败;措词非曰不谨,而竟以言迷。一蹶不起,前功尽弃,与士君子守身不严,名节顿隳者,其相去几何哉!吾愿世人勿效蝇之骄矜而自败,亦弗效蛛之诡谲以陷人也。更有说焉。因世之足以危我者多矣,然凶暴者不足畏,横逆者不足避,惟口蜜言甘之辈,最易受其牢笼。

邪魔亦往往以狐媚之言，诱人轻听败德，以就死地，人尚其察诸！

二九　鹿入狮穴

鹿因武士追迫，急不能脱，适见面前一穴，疾忙投入，讵料其中有狮在焉。狮见甚喜，不劳而得之。鹿临死悔之曰："前有狮子食我，后有武士追我，亦是命该如此。倘武士得之，或不杀而蓄养之，犹未可料也。今落狮口，悔何及哉？"如世人或因穷困而误为犯法，以致身系狱中，殊不知更甚于穷困也。哀哉！编者按：参见林译本第一三四则。

三〇　捕影

昔有猎犬，循溪追野狐，忽睹溪中狐影，以为另一狐也，遽跃入水扑之。讵水波晃动，狐影倏灭，乃匍匐上岸，则皮毛透湿，困顿难堪。举头复望前狐，亦已杳不可见矣。噫！彼犬之智，固不足云，所可慨者，舍形捕影之事，世间往往有之。

三一　犬劝

某村有某姓者，畜一犬，欲守夜耳，故喂养良殷。犬亦甚灵动，有客来，骤然而吠，蹲踞门首，宵小无敢入者。一日，偶游院宇，见壁隙中有穿墉者，遂戏捉之。厥后时时见时捕，啮毙而置。如是者久，鼠辈亦无敢出者。主人见之曰："此犬也竟效猫为，未免张有冠而李戴，樵夫竟说渔翁话矣。"后乃畜一猫，年稚无知，游戏终日。及其壮也，仍无见闻。或傍花随柳，或效猱升木，或偃息在床，一若主家固无硕鼠，如有之,彼好事者已代我为之矣。乃游惰如常。犬遂劝之曰:"子何为者,非捕鼠者乎?胡旁观束手,泮奂优游乃尔!将所谓尸位素餐兮,何也?"猫聆其言,愧然自奋,于是夙夜匪懈,孜孜不已,尽其职焉。而犬亦不复有言矣。以是知俗言有云:干何事,司何事。在其位者必当谋其政,有责守者不得旷其职。尤不当越俎代庖,避就推诿,各宜循理随分,旁人即无可指摘焉。

三二　二友拾遗

昔有甲乙二人,交甚契,平时颇以气节相期。一日同游郊外,路有遗囊,半没于土。甲前拾之,囊甚重,视之,内皆白镪。甲喜过望。乙亦喜曰:"无意中而获此,殆天以福我二人也。"甲作色曰:"吾拾此,天固以福吾一人者,胡乃曰二人?"乙遂默然。行不数里,有劫盗数人,于林内窥其提携甚重,躡踪而至,意将行劫。甲惶遽间语乙曰:"盗来,吾二人祸将作矣。"乙曰:"噫!此固天以祸汝一人者,胡乃曰二人?"比盗至,将赤手者释之,提携者刃之,攫囊而去。呜呼!处顺既不肯分甘,处逆则焉肯共患,盖临财务苟得者,临难必务苟免。之二人者,谅易地则皆然。编者按:参见林译本第一一八则。

三三　人意难全

希腊国祭司长某人,生二女,皆嫁。长婿艺蔬圃,次婿业陶器。一日,某往探其长女,入门坐定,问曰:"尔家所需,有缺欠否?"女对曰:"诸务全备,惟近苦天时亢旱,念吾父夙为祭司,事天虔敬,有祷必蒙允准,乞为代祈甘澍,润泽园蔬,可乎?"父闻所求,喜其无妄也,遂许之。继而出,便道又过其次女家。言次,问曰:"尔家用度若何?"答曰："生理颇盛，惟晒晾陶器时，每为雨所毁，望父代祈上天，多赐晴霁之日，可乎？"父默然。归后熟思久之，乃失笑曰："据二女所求，匪特余难为情，即祈之上天，恐亦弗能两全也。"竟置之。嘻！惟意所欲，天且不能从人愿，况世间事乎！编者按：参见林译本第八四则。

三四　争胜

曩者二驴同途，一负棉捆，一负盐包。负棉者高而轻，袱华丽，色编者按："色"原作"印"，据别本改。鲜明，摇尾长鸣，扬扬自足。负盐者实且重，草席揉身，苦如棘刺，喘汗交作，疲困几殆。而负棉者复屡触以欺之，伊惟俯首贴耳，顺受而已。顷遇大河前阻，无舟桥可通。负棉之驴先自冲波竞渡，奈棉包外观虽美，内实虚浮，浸水易沁，逆风难进，于是加重无算。勉登彼岸，已觉难胜，又行数里，力竭而毙。负盐之驴，及河尤畏，彳亍前进，步步安常。过河后，负顿轻，喜甚。盖盐遇水化卤，沿路淋漓，时减分两，得以健步趱行。忽见前之任轻威赫者，今已横陈道左也，不禁歔欷。编者按：参见林译本第五五则。

三五　美女

古时罗玛国庙宇甚夥，有一神名维纳斯者，译即容貌最美之女神也。时有一猫，见某少年衣履翩翩，意欲嫁之。第思人兽不能共处，乃至维纳斯前祷祝曰："愿神大力易我形骸，俾得与少年为佳耦，则感德靡涯矣。"神怜其痴，为之易形，遂成美女，容华颇丽。神戒之曰："尔今为人，宜尽人事。"猫谨受教，即从少年，俨如夫妇。忽一日，神以一鼠放入房内试之。美女闻鼠气，一跃而前，疾擒食之，一若忘其为人者。神乃责之曰："尔既变人形，而不脱乎兽性，自宜仍变为猫，与兽同处焉。"少年大诧而走。此如世之贪狡者,虽有时暂行端正,而一遇财帛,见猎心喜,当即露出庐山真面目矣。甚矣哉,本性之难移也！编者按：参见林译本第二九一则。

三六　骗狼

印度山麓,兰若幽栖,小犬守于门外。适来一狼,攫而欲啖之。犬跪而请曰："念犬年轻瘠瘦,即奉大王烹之,亦不敷一餐之饱,何不俟我肥壮,然后食之,岂不善哉！"狼信而释之。越年馀,狼寻其犬,见犬躲于主人内室,狼以手招之。犬曰："我知之矣,请不必等候。此后大王若遇别犬求赦,切不可信。吾乃惊弓之鸟,脱钩之鱼,一之为甚,岂可再乎？无劳盼顾。"狼悔曰："十赊不如一现,此之谓与！"编者按：参见《意拾喻言》第一二则。

三七　磨牙

野猪常如树下,磨其编者按："其"原作"有",据别本改。两齿,锋锐已极。狼见而问曰："汝常在此磨牙,当此太平盛世,欲何为哉？"猪曰："汝不智之甚。岂未闻古有云：安不忘危,有备无患。凡事豫则立,以防不虞。汝想猎犬来时,仓皇之下,尚能磨齿应敌乎？"是以宜未雨而绸缪,勿临渴而掘井。编者按：参见林译本第一一〇则。

三八　缓以救急

亚美利加西省多产熊黑,性虽凶猛,然不似虎豹之专噬生肉。每

75

升树采果为食，其形体笨重，辄以手足攀缘而上，如人之登高然，迥异猫鼠之便捷也。一日，有乡人于昧爽时，往深林寻犊，忽闻树枝摇响，仰视，见大熊方踞树食果。乡人骇欲奔，而熊已见之，将下树追。乡人自揣难以走脱，急迫间顿生一策，返趋树下，俟熊抱树徐下，将及地，乃以手力持熊之两掌。乡人素饶膂力，而熊又中隔于树，猛无所施，挣不能脱，吼怒，啮树有声。乡人疾呼救。其地固荒落，附近惟小屋数椽，迄无应者，意为空屋。少顷，见炊烟起屋角，因知内有居人，呼益急，亦若弗闻。比及日高旁午，始有人肩斧缓步来，睹其状，大笑。乡人愤曰："吾呼救浃晨，尔乃出而笑我，何忍心也！"其人曰："始吾闻呼，尚卧未起，遂以无关紧要置之。及起，又置晨餐，今饭毕乃出。子虽多受惊怖，此时吾斧一下，则熊立毙，而子获全矣。"乡人曰："深感盛情，然此熊几啮我，乃我之仇也，为君所杀，心实不甘。君盍代吾来执其掌，吾必手刃之方快。"其人信为实，即掷斧向前，代执熊掌。乡人得脱，遽荷斧长啸而去。其人大窘，亦竭力呼救。迨夕阳欲下，乡人始返杀熊，其人乃免。心虽恨，竟无可如何。遂各散。嘻！世之遇难者望救若渴，而旁人则漠不经意，设使一旦己身遭患，又安望人之速救乎！

三九　献谗

狮为兽王，一日病，百兽来候，狐独未至，狼遂谗曰："王体违和，我辈皆至，独狐否，诚可恨。"不料狐适于门外闻之，便进问疾。狮怒讯："何后至？"狐曰："大王有疾，群兽徒来问安，一无补益，于王疾何瘳？小狐乃遍求良方，得之即来，非敢后也。"狮喜问何药，对曰："当剥生狼皮，暖被王体，立愈耳。"狮即如法用之，闻后谗人稍退云。嘻！害人便是害己，其应如响，勿谓以恶报恶也。编者按：参见林译本二三五则。

四〇　车夫

一日,车夫将车轮陷于小坑,不能起。车夫求救于阿弥陀佛,佛果降临,问曰:"尔有何事相求?"夫曰:"我车落于泥坑,求佛力拔救。"佛曰:"汝当肩扛其车而鞭其马,自然腾出。汝若垂手而待我,亦无能为矣。"如世人急时求佛,尤当先尽其力,乃任尔诵佛万声,不如自行勉力之为得也。编者按:参见林译本第一七则。

四一　鹰避风雨

一日,天油然作云,沛然下雨,加之迅雷烈风,不可向迩。鹰于此际,颇费踌躇,遂暂藏空谷以避之。迨其势已过,不觉云敛天开,风和日暖,鹰于空谷飞出,自必欣然矣。凡遇人当盛怒之下,不可与之争长较短,总宜存心退让,忍耐为先,勿逞一朝之忿,自蹈危机也。

四二　假威

驴穿狮子皮,众兽见则畏惧而奔避之。驴则自以为能,遂心骄气傲,目无忌惮。一日得意自鸣,欢呼大叫,声入各兽之耳,始知其为驴也。所避之兽,群起而杀之,卒致粉身碎骨。嗟乎!是驴之不慎故也。使驴若能知机,终身不叫,则驴身狮势,岂不快哉!甚矣,假威风之不能久长也。俗云:狐假虎威。一旦露出马脚来,而弄巧反拙矣。编者按:参见林译本第二四六则。

四三　腐儒

　　昔有小童,失足落水,危迫之际,适一腐儒过此,儒服儒巾,行吟泽畔。童大呼:"先生速来救我!"腐儒徐曰:"汝知古人有言:水懦弱,民狎而玩之,故多死矣。夫是宜先习游泳于前,不必求人援救于后,斯可矣。"童急曰:"先生请救我上岸,再为训诲,未为晚也。今不一引手救援,竟站在旱地上,以道学之言见责,故知先生之智,亦不出我之上耳。"噫!世之不知缓急,不关痛痒,率以高谈阔论,引经据典,误尽苍生者,其皆腐儒之徒与。编者按:参见林译本第二〇五则。

四四　归去来

　　肥犬于月夜游行郊外,顾盼自雄,扬眉吐气。适遇野狼,乃故友也。于是先叙寒暄,次谈景况。狼称羡曰:"足下身肥毛润,满面春风,究有何术而至于斯?视弟瘠瘦毛长,自形羞涩,奚啻天渊!"犬曰:"我主人常有肥甘饲我,美屋处我,自然较胜于前。汝若肯从我游,亦当丰衣足食,不致有匮乏之忧矣。"狼欣然曰:"弟甚愿往。然到彼人地生疏,惟求诸凡照拂。"乃且说且行。忽见犬颈上露出疤痕,狼急问故,犬曰:"无伤也。我本性急,曾被主人锁钥,故有此痕。"狼即驻足不行,曰:"然则尔不能自主乎?"犬曰:"入夜乃能自主。"狼曰:"我不惯寄人篱下,请从此辞。锁钥与美食,尔可自享焉。"遂不顾而去。自语曰:"燕巢幕上,究竟寝食难安;为米折腰,不如自甘淡薄。胜似受制于人,局促为辕下驹也。"谚云:宁为鸡口,毋为牛后。其斯之谓与。编者按:参见林译本第一一三则。

四五　狮驴争气

狮为兽中最凶恶者,驴为兽中最驯良者。一日,彼此争气,驴请决一胜负。狮自忖曰:"吾乃兽中之王,与此区区者较长短乎?胜之亦不足贵。"遂舍之。俗云:大人不怪小人。此之谓也。编者按:参见《意拾喻言》第一〇则。

四六　二蛙

有甲乙二蛙,和鸣于蓼汀芦岸之间,俨如鼓吹,意甚相得。适有牛蹒跚来,饮溪上。二蛙息声旁睨之,见牛饮讫,踯躅以去。甲蛙叹曰:"此牛雄壮魁伟,真不愧大武之名,较之我身,渺如沧海一粟,愈觉顾影增惭。吾将奋吾力,暴吾气,与牛并肩,无相上下,方快吾志,终不能与区区井底者为伍也。"乙蛙曰:"吾与子跳跃于洲渚之中,游泳于池塘之内,朝吟风而暮讴月,亦云乐矣。尔乃狂念忽萌,欲比德于牛,真妄想天开,恐万不能及也。"甲蛙曰:"不然,有志者事竟成,子姑待之。"于是奋力鼓气,两腋隆然,问曰:"视我与牛孰大?"乙曰:"大不及。"甲又鼓之,两腋更隆,又问曰:"何如?"乙曰:"不及远甚。"甲蛙转怒,遂闭口瞪目,一再鼓之。鼓之不已,砰然一声,皮绽气脱,溘然长逝矣。嗟乎!不以义命自安,卒至力竭身亡而不知悔,此蛙所谓不知量也。编者按:参见林译本第六七则。

四七　飞鸟靠鱼

洪水未治之先，飞禽走兽两不相和，斗无虚日。惟飞鸟百战百败，绝无取胜之法，日夜焦躁。忽一日，老鸦献策曰："吾闻鱼被兽欺，蓄怨于心久矣，何不遣一能言之士，说其结盟，彼此协力同心，则破兽必矣。"飞禽从其言，于是咨会鱼王。王因积恨于心，每念独力难支，今见咨文，欣然应允。约期举事，彼此遂兴大师。两军相会，惟见鱼兵成群，登途蠕动，既不能飞，又不善走，竟是蠢物，安能与猛兽对敌乎，只得背盟而散。嘻！吾见世人谋事，每每不计其帮手能否可靠，及至临事，毫不能为，所托非人，贻误不浅，可观鱼兵为戒。编者按：参见《意拾喻言》第五九则。

四八　星者自误

曩于市镇之上，见有卖江湖口之星士，论人前后事，了如指掌，于是引诱多人，听其论断。内有智者，知其尽属子虚，故意惊慌曰："先生尚在此处说法乎？汝家被劫，傍惶寻尔。"星士听之，尽弃所有什物，奋身就跑。一老者止之，而执其手曰："勿忙，勿忙！吾且问尔，尔既能知人过去未来，又知人之吉凶祸福，何不自知若此耶？"星者始觉悟，大惭。众人哗然，一笑而散。此如世人每每不瞻前顾后，遽然谈古评今，混说无稽，何不观此星者为诫！编者按：参见林译本第一八七则。

四九　解纷

有甲乙二人,游于海滨,见一蚌在滩晒暖,甚肥美。二人目睹,不禁垂涎。乙方欲取食,甲前阻之曰:"据理论,总以先见者饱腹,后见者不得分甘也。"乙曰:"诚如君言。我之目最明,我乃先见者。"甲曰:"我之目应较君更明,且敢发誓,以定我先见者。"乙曰:"汝虽自云先见,安知我之见更在汝先乎?"彼此辨论,刺刺不休。适有某人经过其处,二人因请公断。某许之,乃从容取蚌,剖开吞食净尽。甲乙从旁痴视。某自居为承审之官,随将两片空壳分判,一片与甲,一片与乙,言其别无花费,各执回家可也。俗云:八字公门朝南开,有理无钱莫进来。是非曲直,未得剖辨分析,而两造橐囊已如悬磬矣。讼则终凶,悔之何及!

五〇　锈镰

有数柄镰刀,新发于硎,意甚自得。割事毕,乃共讥一老镰曰:"君何暗滞而不光,锈钝而无用,得勿负此镰之名耶?"老者莞尔而笑曰:"尔等非新发于硎,何能适用哉!且尔等今日之能,皆余向之所为者也。余今特隐遁于锈,而自晦其光耳。盍俟我再磨之时,一与诸君较其能,恐老勇馀威,未必诸君之所必胜也。勿自矜夸,致取羞辱。"新镰怀惭,敛容而退。

五一　葡萄味苦

昔有一狐,见葡萄满架,已经成熟。仰视万紫千红,累累可爱,垂涎久之。奈乏猱升之技,不能任性朵颐。望甚则怨,怨甚则怒,怒甚则诽谤訾诬,无所不至。乃口是心非,勉强自慰曰:"似此葡萄,尚未成熟,绝非贵重之品,罕有之物。况其味苦涩异常,我从不下咽,彼庸夫俗子方以之为食也。"此如世间卑鄙之辈,见人安富尊荣,才德出众,高不可攀,自顾万不能到此地步,反谓富贵荣华苦累无限,诋毁交加,满心妒忌,出语臭硬,假意清高。噫!是谓拂人之性,违心之谈。由此推之,此人亦必是幸灾乐祸者。编者按:参见林译本第一九三则。

五二　炎凉情态

甲乙二友交甚善,适在初冬,相聚小饮,见乙纳手指于口中,以气呵之,甲问曰:"此何意也?"对曰:"天寒手颤,藉此得温暖耳。"少停,饮汤,见乙执器,以口连吹之,甲又问曰:"此又何意也?"曰:"碗羹过热,藉此欲其速冷耳。"甲起作色曰:"初我以为交友相与谈道义,吐肺肝,便可观感获益,不料只此一席之间,片刻之时,见君口之忽冷忽热,瞬息不同,果何益之有哉!自后不敢仰攀,请辞。"拂袖竟去,遂绝交往。呜呼!翻手作云覆手雨,阴阳变化,忽诣忽骄,世态何尝不如是。噫!编者按:参见林译本第二五一则。

五三　蝙蝠

古时鸟兽淆杂,乱其部位。有蝙蝠恃其双翼,自号飞禽,群鸟多鄙之,呼之曰兽,以其有四足也。蝙蝠不甘其名,争之。共质讼于鹤,以求平反。鹤升公位,照西例,集折狱者十二人,乃枭六,鹰六,列坐于旁,以昭诚谳。两造毕集,左右袒者亦不乏人,故折者多无定见。鹤乃断之曰:"诸君咸听蝙蝠之自称为鸟乎?袒鸟者群指为兽。亦有袒蝙蝠者,共疑为禽。各执一见,殊难剖断。然据我巨眼窥之,彼行则如兽,其音则鸟中不可有者,鸟实耻之。察其形,考其体,除具双翼以外,遍体皆兽。且其翼亦迥异乎吾侪,惟于深夜习飞,昼则毫无翱翔振羽之能,仅以四足攀缘破壁而已。其非鸟之类,窃飞之形;无鸟之技,辱禽之名。尔众咸明哲之士,斯物欺凌我族太甚,然乎否乎?诸君其助我攻之。作速折其翼,削其足,啖其肉,绝其裔,俾勿再乱吾清族也。"众鸟咸服公明,搏执蝙蝠以去。噫!市井不伦不类之人,矫揉造作,貌似圣贤,每致攀荣受辱。编者按:参见林译本第六、二四一则。

五四　抛锚

停船抛锚,遂成中流砥柱,稳固不摇矣。无奈锚在水底,往往目不及见,而舟中人欲轻扬远举,以遂乘风破浪之心,纵使篙橹齐施,而船亦不能转侧焉。语云:不揣其本,而齐其末,终属枉费辛劳,难见成效。又云:扬汤止沸,不如去火抽薪。此亦至理名言,所包者广,人当遇事三思之。

五五　狮蚊比艺

狮子与蚊虫，一大一小，相去天渊。一日，蚊谓狮曰："闻大王力大无穷，天下莫之与敌，以吾观之，究系钝物，非我之对手也。"狮素勇猛，从未闻有欺我者，今闻蚊言，大笑不已。蚊曰："如不信，请即试之。"狮曰："速来，无得后悔。"于是张牙舞爪，左旋右盘，不能取胜。讵蚊忽然钻入其耳，复攻其鼻。狮觉难受，摇头搔耳，终不可解，甚不耐烦，乃输服曰："今而后吾知斗不在力，在于得法而已。"编者按：参见林译本第一九二则。

五六　自负

昔有驴背负神像，在途经过，见者无不揖拜。而驴以为敬己也，乃辞之曰："不敢当，不敢当。"有不能忍者，遂骂之曰："人皆拜尔身上之神，非拜尔也，何其愚蠢至此？"噫！世人多有不自量者，或假朝廷名器，或藉亲友威风，或赖囊橐丰裕，傍人略加以礼，彼遂自以为能，立即骄盈狂傲，趾高气扬，正如此驴之可鄙也。编者按：参见林译本第一一四则。

五七　蟋蟀叹

蟋蟀匿于草际，见蝶绕花飞舞，两翅翩翩，随风上下，光艳夺目，轻倩宜人，大有"五陵贵公子，双双鸣玉珂"之概，因自叹曰："我于彼皆物也，彼则貌羞荷粉，身妒榴裙；我乃半生潦倒，一事无成，蠢然穴居而野处,直待暮夜人寂,始一作不平之鸣,何才不才之相悬若是也。"叹未竟,倏见童子六七,执蒲葵扇,向蝶轻扑。转瞬间,须败衣残,奄奄待毙。乃自喜曰:"我诚幸矣!彼才华外露,终必有灾,今而知巧之逞不如拙之藏也。兹后捐弃牢骚,愿甘草伏,并不平之鸣亦不思作矣。"噫!象有齿以焚其身,麝有香致噬其脐,世之自负不凡,衒玉求售者,其皆未闻蟋蟀之叹也夫。

五八　农人

昔有一农夫将死,众子环跪乞训。农曰:"余一生耕种,藏有金窖于田亩之中,我死后,尔等须速往挖,勿为他人所得也。馀无别嘱。"少顷逝世。众子急往,争相动手,将所有之田尽行掘过,遍寻,殊无金窖,而不知其力已见功于田间矣。因田土松动,必致稼穑茂繁,又何异于金窖哉。农夫之意已得解矣。再如国家封禁诸金银山,正欲使民勿怠惰自逸,以成无用之人也。其意善且深矣。俗云:宁可自食其力,不可坐食其金。食力无已时,食金当有尽。编者按:参见林译本第六八则。

五九　驴马同途

寒沙旷野,草白云黄,有贾人行路,以驴马驮负包裹。驴以背负过重,难速行,遂求马曰:"足下轻身取路,我觉任重道远,马兄肯为我分任乎?"马固藐视于驴,每有鄙贱之意,因叱之曰:"引重致远,是尔之本分,谁应为尔代劳,休得妄想焉。"驴以愤恨郁结,又为负重所苦,遂死于半途。贾者剥其皮骨,并所负之行囊,均系马身,鞭之使行。马悔曰:"早知如此,不如与其分任,不至有今日之苦也。"噫!世之吝力不肯怜人者,宜知之。编者按:参见林译本第五一则。

六〇　吹角

两军对垒,闻角声则进。一日,某军败北,吹手被敌擒去,众拟杀之。临刑时,吹手大声叫屈曰:"我非持械杀人者,不过在场吹角而已。"恳求饶赦。敌人曰:"尔既胆怯,贪生怕死,不敢勇往向前,置身逍遥事外,反催促他人冒死入阵,其罪更大于杀人者。死有馀辜。"遂诛之。噫!如世人每当筹谋一事,虑其危险,不敢亲身立行,先耸动他人,试其利害,自己反袖手观望,临阵脱逃。此等奸滑取巧,借刀杀人,正与随军吹角者同,当处以极刑,无赦也。编者按:参见林译本第二四三则。

六一　白鸰

晴光普照,旷野菁芒,丛林密密,绿草萋萋,硕驴率场而啮刍,群鸟戢翼而栖枝。当是时也,驴仰首见一白鸰栖于树焉,遂诘之曰:"人悉言尔唱甚佳,吾未之闻也。尔宜殚毕生之技,馨肺腑之曲,俾吾知之。盖恐人之誉尔者逾其实也,故欲于尔之唱,以得妍媸焉。"白鸰听其言,遂清音宛转,妙韵回环,高则响遏行云,低则声在树间,缓如铿尔之瑟,速若武城之弦。其微也,馀音悬绕于梁上;其纵也,泠泠风送而逾墙。直不啻玉版银筝、鸾凤之递和也已。白鸰唱毕,驴竟垂首愕然曰:"吾素藐汝,今闻尔唱,实获我心也。然声则过永耳,他日复唱,宜豁然声朗,无间断斯可矣。使善评音律者,亦不致妄论尔矣。吾思翰音可为尔师,尔盍往业之,以效其喔喔之声,庶与灵鸟并称焉。"白鸰闻言,振翼而去。噫!吾于是有慨然深叹者矣。白鸰之鸣,固已擅其精,而黔驴之评,何妄施其技?谚云:不遇知音不可谈。世之不明是非,不知美恶,而谬加品评者,对此驴可以警悟矣。

六二　荒唐

有一人自幼外出,游历各国,及归,尽述所见,多属罕闻。一日,诸人在座,听其所述渐涉荒唐,但不敢面斥其非。因之愈述愈狂,曾言我于某处一跃过河等语。座中有老成历练者,见其荒唐太甚,遂谓之曰:"此处亦有一河,汝果能一跃而过,方可再往下说;若不能,请即住口。"说者自知失言,遂顾左右而言他,旁观者无不哑然失笑。噫!好谈无稽,言过其实者,得此当头喝棒,谁曰不宜。编者按:参见林译本第四一则。

六三　争食

一日狮与熊同遇一肥美羊羔,彼此争食,两不相下,因成仇。战斗良久,各负重伤,呻吟道左。适来一饿狐,不费气力,安享其成,取羔大嚼,道谢而去。狮熊徒怒目愤视,不能追捕,遂咬牙切齿悔恨焉。语云:鹬蚌相争,渔翁得利。亦此意也。编者按:参见林译本第一五〇则。

六四　密嘱慎交

俄国北鄙,多崇山峻岭,丰草茂林,其间产大熊,多伤人。偶有甲乙二友,约伴入山,正游盼间,兽卒至,甲遽腾身效猱升木以避之。乙无奈,闭息仰卧以示死。兽见乙之佯死状,乃于头面间反复嗅之,良久舍之而去。乙此时失魂若死,始犹知为屏气,后几于呼吸自绝矣。兽去远,甲始下,而乙亦苏。甲因嘲之曰:"适吾于树上,见熊于尊卧处附耳良久,不知所谈何事?"乙曰:"诚有之。熊适密嘱我曰:'兹后择交宜慎,如有人素称道义,及至临难,只知顾己,而弃友如遗者,此等人真不足齿,与之绝交可也。'"编者按:参见林译本第四〇则。

六五　窥镜

古时无造玻璃法,镜皆以银或铜为之,价贵而少,人家不能常见。有人购一铜镜,置案头,其子尚幼,偶过睹之,不识何物。照见己影在内,以为另一小儿也,喜呼之不应,但微笑。又招以手,彼亦招手。意谓相去甚远,移步迫视,彼亦近逼,终不语。小儿自思:此人呼之不应,而一切效我所为,殆笑辱我乎。因怒形于色。忽瞥镜中人亦有怒容。小儿愤急,挥拳击之,铿然有声。镜铜坚厚,触手痛甚,大啼,奔告父母。父母笑晓以故,且诫之曰:"尔将来长成,当以此为鉴。待人接物,务以和平为本,若恃强暴,则他人将以强暴相还。"语云:己所不欲,勿施与人。以古为鉴,可知兴替;以人为鉴,可知得失。亦此意也。

六六　眶骨

昔者西方有一王,英敏非常,兵强国富,有席卷群邦、囊括宇宙之志。尝领兵百万,蚕食邻国,所到披靡,势如破竹。攻印度时,一日驻跸极乐园,园叟远迎,跪献一玉匣,光彩夺目。王命近侍启视,内则枯骸一片,形凹而中空。众皆莫识。王大怒曰:"尔献尸骨,相欺已甚,罪应死。"叟叩首进言曰:"此乃贵重至宝,妙用无穷,请试之。如不验,当领重罚。"即置骨于天平之左,置黄金十镒于天平之右,乃骨重金轻。王异之,命加金,则骨尤重;命加多金,则愈多而骨愈重也。王愕然问故。叟以黄土一撮布其上,骨顿轻,而金忽重,狼藉满地。王曰:"究为何物?奇乃尔尔!"叟奏曰:"此乃贪夫之眶骨,故金愈多,其眼愈贪,不知餍足,不见土不休。凡人堆金积玉,贪得无厌,迨其死后,亦作如是观。他人入室,犹金之散于满地也。可胜悲夫!"王悟且悦,犒师赉叟,遂罢兵归,固守其疆,溥行仁政,境内咸仰赖焉。噫吁!世之贪夫,不入土而目不瞑者多矣,曷若此王之速悟,而反保其祖业,全其首领以终也。不亦俊杰乎!

六七　滴雨落海

片云携滴雨落海面,当未落时,雨自叹曰:"以此涓滴,何落不臧?落诸田陇,可以庇嘉谷,为双颖,为两岐;落诸林木,可以荫嘉树,为并蒂,为硕果。乃独落于沧溟巨浸中,渺焉一粟,于海何加!所谓以有用之材,掷诸无用之地也。"悼叹未毕,遽落海中。讵意有老蚌张壳吸润,一滴甘霖,适触蚌心,从而结胎,渐成颗珠。后为渔人取之,珠已径寸,惧有怀珠之罪,遽献之王。王以之饰冕冠。每朝,夜光炳炳,灿若大星,群臣无不以宝珠称贺。由此观之,用舍显晦,悉听于天,人第尽其在我而已。慎勿以世无用我者,遂自弃焉。更有一说:凡至理良言,当不时与人讲论,以导人迁改,辅人德行,绝未有施于无用之地之理。此功与拯饥救溺等,不可因人顽梗不听,遂缄口不言。倘得一二人愿安承教,感触于怀,则终身行之,复其本体之明,此即为无价之宝也,亦同获无量之福也。人可忽乎哉!

六八　金索日短

　　某城有金匠某，设肆于家，工作精巧，远近知名，业致小康。与其妻伉俪甚笃。无何，妻忽暴卒，某悲悼过度，遂成狂易之疾。取妻所遗项挂之金索自佩之，恒不去身。时语人曰："吾妻日日以索牵我，欲我同去；不然，何以金索日短也？"人弗之信。久而索果渐紧，扼吭以死。戚里咸异之。迨后询知，某于每夜梦中，自起趋前肆，摘索取钳，去其一环，仍复挂之就寝。索被截日短，遂尔缳颈陨命也。人以为情之所钟，迷离惝恍，竟至如是。呜呼！独不思人生于世，有如各佩金索，日短一日。光阴去而难留，过一日即少一日，可不惜哉！

六九　粉蝶

　　菜中青虫，伏行于草，自惭形秽，怫然曰："嗟乎！母兮生我，胡如是之卑猥也！"遂蜿蜒而上竹篱，遇一金色虫，貌甚都丽，见菜虫至，昂然飞去，盖恶而避之也。虫徐行于篱上，愤然曰："彼不过恃有双翼耳，何恃富而骄，欺人太甚耶！余姑强忍，弗与之较。"乃低头微食竹叶，以期果腹。叶慰之曰："吾知君非久居穷困者，将见鹏飞豹变，岂他虫之可得比拟哉！君且居易以俟命可耳。"虫亦稍慰，伏于叶以自忍。未几，如蚕化蛹，以丝作室自卫，若婴之束于襁褓，遂怆然谓叶曰："吁！若是之困，迨有甚焉。昔者虽属猥屑，尚堪自适，今则举止受缚，如生人葬圹中，甘听其僵而已。彼苍者天，奈之何哉！"叶复慰曰："否极则泰，理之常也。君其终忍，甚毋自忧，恐未必永如斯耳。"不数日，背罅裂蜕，有物振翼而出，则五彩花纹，斑烂华丽，居然一极美粉蝶。即曩日自惭自愤，为他虫所鄙之菜虫也。于是舞轻风而荡漾,映旭日以翩翻,翩翩自得,意态逍遥,且顾影而言曰:"前此为人所弃兮,今不自窘;今则遨游自得兮,前为人哂。于戏!今日之乐兮,由于前日之忍。"

七〇　铁猫

机铁为器,悬饵以捕鼠,谚呼为"铁猫"。某肆主人患鼠,设铁猫焉。群鼠利饵而入,机发莫能出,乃哗然相谓曰:"吾众何以至此?"一鼠曰:"吾觉有物自上来,闭我天窗,故弗能出。"一鼠曰:"余只顾目前之饵,未觉何以至斯也。"一鼠曰:"如何至斯,吾不知也。"一鼠曰:"至则至矣,且甘此饵可也。"一苍白老鼠蹙额良久,掀白髯而叹曰:"众无烦哗。然辩论至此,与其审辨何由入,莫若计其何能出,斯为美。"主人闻之,慨然曰:"群鼠之入也,利其饵而忘其身;老鼠之言也,谋其出不计其入。"故君子谨其始,尤当慎厥终。

书后

　　西泠张君赤山,读有用书,通中西学,关怀时务,固亦斯世有心人也。而性格高雅,尝闭户著书,乃有隐君子风。近出《海国妙喻》一册,以谈笑诙谐,寓劝惩要旨,如暗室之灯,如照妖之镜,无意不搜,无词不隽,有情有理,可箴可铭。读之令人知所向往,知所趋避,辅助文教,警觉愚蒙。洵为有功世道之作,不胜钦佩。奇文共赏,信可乐也。爰挥汗搦管,为赘数言于后。戊子荷夏,剑峰谨跋。

伊索寓言

林纾 严培南 严璩 译

编校说明

《伊索寓言》的第一个汉语全译本,为林纾与严培南、严璩合译。其书凡三百则,初版于光绪二十九年(1903),上海商务印书馆铅印。后又重印多次,风行一时,至1913年,已印行八版。"伊索寓言"之译名,即定于此书,后来译者,遵之勿替。林纾(1852—1924),字琴南,号畏庐,福建闽县人。光绪八年(1882)举人。工古文,为晚清一家数。生平著述多种,尤以译西书,最名于世。严培南,字君潜,严复族侄。生卒年不详。1895年,毕业于北洋水师学堂。次年,任通艺学堂教习。后为京师大学堂教授。严璩(1874—1942),字伯玉,福建侯官人。严复长子。早年游学英国,通晓英国经典,工诗。

今据商务印书馆本排印,施以新标点,原本无小题,并为补拟之。

序

伊索产自希腊，距今二千五百有馀岁矣。近二百年，哲学之家，辈起于欧西，各本其创见，立为师说。斯宾塞氏撰述，几欲掩盖前人，命令当世，而重蒙学者，仍不废伊索氏之书。如沙的士、如麦生蒙、如沙摩岛、如可踢安之人，咸争以为伊索氏产自其乡里，据为荣显。顾古籍沦废，莫获稽实，独雅典有伊索石象存焉。相传伊索冤死于达尔斐，达尔斐数见灾眚，于是雅典始祠以石象。然则昌黎之碑罗池，神柳侯之灵，固有其事耶。

伊索为书，不能盈寸，其中悉寓言。夫寓言之妙，莫吾蒙庄若也，特其书精深，于蒙学实未有裨。尝谓天下不易之理，即人心之公律，吾私悬一理，以证天下之事，莫禁其无所出入者，吾学不由阅历而得也。其得之阅历，则言足以证事矣，虽欲背驰错出，其归宿也，于吾律亦莫有所遁。伊索氏之书，阅历有得之书也，言多诡托草木禽兽之相酬答，味之弥有至理。欧人启蒙，类多摭拾其说，以益童慧。

自余来京师数月，严君潜、伯玉兄弟，适同舍，审余笃嗜西籍，遂出此书，日举数则，余即笔之于牍，经月书成。有或病其书类齐谐小说者，余曰：小说克自成家者，无若刘纳言之《谐谑录》，徐龉之《谈笑录》，吕居仁之《轩渠录》，元怀之《拊掌录》，东坡之《艾子杂说》，然专尚风趣，适资以侑酒，任为发蒙，则莫逮也。余非黜华伸欧，盖欲求寓言之专作,能使童蒙闻而笑乐,渐悟乎人心之变幻,物理之歧出,实未有如伊索氏者也。余荒经久,近岁尤耽于小说,性有所慊,亦莫能革,观者幸勿以小言而鄙之。光绪壬寅花朝,闽县畏庐林纾序于五城学堂。

一　狮获鼠报

有狮卧于丛莽,山鼠逸过,触其题,狮怒,将扑杀鼠。鼠曰:"能勿抵吾以罪,必报公。"狮笑释之。已而猎者得狮,系以巨组,鼠审其声为前狮也,啮系而断之。狮逸,鼠追呼曰:"吾向几膏公牙,公以为纵我者,纵鼠耳,今知狮亦有获报于一鼠者耶?公此后请勿鼠我矣。"编者按:参见《意拾喻言》第四七则。

畏庐曰:处势据权,恩一人而忽获其报,此间有之事。然权势方盛,积仇积忌,而图所以报者,不宁可虑耶?故小人之念私恩而报者,其积私仇,则亦必报之矣。

二　狼与小羊

就乳之羔,失其群,遇狼于水次。狼涎羔而欲善其辞,俾无所逃死,乃曰:"尔忆去年辱我乎?今何如?"羔曰:"去年吾方胎耳,焉得辱公?"狼曰:"尔蹢吾草碛,实溷吾居。"羔曰:"尔时吾方乳,未就牧也。"狼曰:"若饮涧而污吾流,令吾饮不洁。"羔曰:"吾足于乳,无须水也。"狼语塞,径前扑之曰:"吾词固不见直于尔,然终不能以语穷而自失吾馘。"嗟夫!天下暴君之行戮,固不能不锻无罪者以罪,兹益信矣。编者按:参见《意拾喻言》第一则。

畏庐曰:弱国羔也,强国狼也,无罪犹将取之,矧挑之耶?若以一羔挑群狼,不知其膏孰之吻也?哀哉!

三　驴效草虫

驴行野，闻草虫鸣，悦焉，而欲效其声。问曰："尔食饮何属，而鸣如此？"虫曰："亦饮露耳。"驴审饮露善，乃去刍而露饮。积十日，驴死。

畏庐曰：驴之不能为虫耆，脱见虫耆而学之，犹曰从其类也。露饮之物，殆辟谷导引者伦，以血肉之躯效之，安有不死？故欲变其术以自立于世，必当追蹑强者之后，若湛于虚寂，适足自毙其身。

四　鹭应狼募

狼搏兽，而骨骾其喉不能出，悬赏购能出其骾者。鹭应募至，入喙狼喉，骨出狼愈。鹭责诺，狼怒嚼其龈曰："尔试审天下安有探首狼吻，而能完其首以出，则狼之善君，所值已不赀矣。胡仍责偿？"嗟夫！天下为凶人谋，能不为所陷，为愿已足，安可责之以常理？编者按：参见《意拾喻言》第七则、《海国妙喻》第一二则。

畏庐曰：凶人以杀人为利，犹强国以灭国为利，不审其包藏祸心，而厚结以恩，将终为其所覆。彼心盖知有利而已，宁省所谓邦交耶？

五　农夫谕诸子

有一父而育数子，迨长不相能，日竞于父前，喻之莫止。思示之以物，萃则成，暌则败，令诸子合群。一日取小竹十馀枝，坚束而授诸子,令折之。诸子悉力莫折,父乃去束,人授其一,试之果皆折。父喟曰:"尔能同心合群,犹吾竹之就束,匆遽又焉能折?若自离其心,则人人孤立,人之折尔易耳。"编者按:参见《意拾喻言》第三九则、《海国妙喻》第二七则。

畏庐曰:兹事甚类吐谷浑阿柴,然以年代考之,伊索古于阿柴,理有不袭而同者,此类是也。夫欧群而强,华不群而衰,病在无学,人图自便,无心于国家耳。故合群之道,自下之结团体始,合国群之道,自在位者之结团体始。

六　蝙蝠变语

蝙蝠夜飞,触壁而坠,为鼠狼所获。蝠乞命于狼,狼曰:"吾性与羽族为仇。"蝠曰:"吾虽善飞,前身鼠耳,非羽类也。"狼释之。已而复坠,更为他狼所得,蝠复申前语。狼曰:"吾最恶鼠。"蝠曰:"吾固鼠,然今蝠矣。"因而复免。嗟夫!因变而全身,此蝠盖智者之伦也。编者按:参见《海国妙喻》第五三则。

七　鸡无用宝石

雄鸡率雌饮啄,抓地出宝石,其光莹然。鸡顾而叹曰:"尔出世苟遇其主,必以处宝石者处尔,俾尔得自副其为宝石者。今遇我,直不如一粟。"编者按:参见《意拾喻言》第二则。

畏庐曰:以宝石之贵,求贵于鸡,乃不如一粟。然则名士处乱世,自命固宝石也,能不求贵于鸡,始无失其为宝石。

八　燕乌炫羽

燕与乌遇于林间,而各炫其美。乌诋燕曰:"尔羽荣于春,寒至则瘁落,吾羽凌寒益完。殆吾胜!"燕惭而去。

畏庐曰:燕羽虽经冬瘁落,燕种不因此而亡,且燕之飞行,日万里,其力猛于铁路。乌鸟飞鸣榆槐之间,分固不足以哂燕也。男子亦自葆其万里之志耳,乡里之评论,宁在所恤?

九　狮王放令

群兽野集,立狮为王,王狮自明性善不虐,且甚爱其类,猝撄之,亦勿怒。狮既即位,驰檄四方,群兽咸戾,约曰:"今后羊也隶狼,山羊也隶豹,鹿也隶虎,兔也隶狗。并居无忤,若友焉。"兔见而叹曰:"余之期此非一日矣,大王令果行,则弱者均足自保矣。"其果然耶?

畏庐曰:今有盛强之国,以吞灭为性,一旦忽言弭兵,亦王狮之约众耳。弱者国于其旁,果如兔之先见耶?

一〇　狗卧当阘

畜狗之家,主人启关出行,狗卧适当其阘。主人叱曰:"尔倦而梗吾道,吾今行具已饬,胡不吾从?"狗徐起而摇尾曰:"主人,吾一身耳,何时不可行者?"观此则食人食而惰人事,往往委过于人,其自视又焉得过?

畏庐曰:天下非英雄不能引过,彼食人食而惰人事,固有所谓自全之道,足以塞责者。故国家非行政之善,督率之勤,不足以立懦人。

一一　蚁曝粟

冬蚁出曝其夏取之粟,他虫饥过其侧,乞粟于蚁。蚁曰:"而胡为不储粮于夏?"虫曰:"吾方向夏风而歌。"蚁笑曰:"君当夏而歌,则亦宜乘冬而眠矣。胡言饥?"编者按:参见《海国妙喻》第一七则。

畏庐曰:平日不储才,事集求才;平日不练兵,乱起征兵,均非善谋国者。

一二　烧炭翁与业沤者

烧炭之翁,治炭于山中,一日遇业沤者于道,炭翁请与同居,俾各省其家费。沤者曰:"吾沤以白为职,奈何与治黑者同居?"却之。编者按:参见《意拾喻言》第二九则。

畏庐曰:小人之涠人,其始必饵人以利,求免其涠者,当屏其饵。

一三　捕蝗童子

童子捕蝗于野,大得蝗。有蠍伏其次,童子将并捕之,蠍出其钩示童子曰:"尔试近我,匪特莫能窘我,将并尔所得蝗,亦将尽失之矣。"

畏庐曰:蝗害稼,蠍螫人,在律均宜杀。然捕蝗者卫稼耳,蠍不害稼,科以见行之律,则无罪。欲诛小人,株连于其事外者,恒召其噬。

一四　龟兔赛跑

兔哂龟曰："尔缩其足而行纡,其状甚丑。"龟曰："尔自侈其行如御风,然斗疾或不吾胜。"兔大笑,乃示龟以径途,立表于三里之外,为之的,延狐为监,约先及表者胜。于是龟兔咸举足行,而龟行甚缓,向表而进,未几至其的。兔自信行疾,知龟无能为,假寐于道周,以为寐醒,而龟行仍莫至。既醒逐龟,而龟已前至,睡移时矣。编者按:参见《意拾喻言》第一六则。

畏庐曰：聪颖自恃者恒无成。

一五　渔者吹箫

渔者渔于泽,暇则治乐,甚精。挟箫及罟,至海滨,下罟据石吹其箫,以为鱼当闻箫而自跃于罟。迨久俟,莫获一鱼,置箫投罟,鱼乃大获,且争跃于罟中。渔者曰："尔乃大悖,吾吹箫娱尔,乃不一至,吾置箫而大获,何者?"

畏庐曰：所操与所求歧,焉能获？一置箫,则志专于鱼矣。学者志学而别有所挟,宜其穷老而莫得也。

一六　狗衔肉过桥

犬得肉,经溪桥之上,沉影水中,以为他犬也。水纹荡,见其肉大逾己肉,乃自弃其肉,狞视水中之影,将夺之,遂并失其肉。编者按:参见《况义》第六则、《意拾喻言》第五则、《海国妙喻》第一五则。

畏庐曰：贪人无厌，终其身均沉影水中也。

一七　犊车过狭巷

犊车过狭巷而陷其辙，御者惶急，目其车而呼神。神闻号而至，戒之曰："肩而轴，鞭而牛，车脱险矣，焉待呼我？而惟致力于能尽之地，始大有验。惮其劳而哀我，何益？"嗟夫！人惟自求助可尔，待人而为，虽神犹不为庇，而况人耶？编者按：参见《意拾喻言》第五七则、《海国妙喻》第四〇则。

一八　盲鼹

鼹生而盲，一日告其母，自诩能视。母鼹欲证其不能视之实，乃取檀香之屑，陈其前，问之。鼹曰："石也。"母鼹叹曰："尔盲其目，且并盲其鼻。"

畏庐曰：以新学之明，证旧学之暗，自知为暗，则可以向明，若居暗而侈明，未有不为一鼹者。

一九　牧人亡犊

有牧于丛蔚之地，而亡其犊，四诇莫得。祝曰："神孰能知吾犊所在？请杀羔酬神。"一日跨小阜，见巨狮方噬其犊，牧者大恐，更祝神曰："吾向言得犊酬羊，今求犊得狮，将并亡吾身。神更庇我者，吾当不爱吾犊，且杀犊祀神矣。"

畏庐曰：牧者以犊为命，至忍杀犊，怵于祸也。呜呼！天下爱命之人，宁舍其所牧者众矣。

二〇　鹿畏狗

麑谓其母曰："母躯壮于狗，走疾于狗，且吾父有角以自卫，乃畏狗弥甚，何也？"母鹿曰："吾均知之，特吾闻狗声辄震，尽吾力所能及，必趋避之。"观此则积馁之人，虽力助之，又恶能益其勇？

畏庐曰：以主客之势较，主恒强于客，今乃有以孤客入吾众主之地，气焰慑人，如驴之慑鹿，志士观之，至死莫瞑其目矣。敬告国众，宜各思其角之用。

二一　驴狐友而逢狮

驴与狐友，誓相为卫。一日同履郊坰，侦食，遇狮于野。狐径谓狮曰："吾请助公得驴，以易吾死。"狮阳许之，狐引驴投之深穴，意以狮恋驴，必且同陷，吾得以逸。狮见驴陷，知不复脱，因先毙狐，始徐步以取驴于穴。

畏庐曰：此事类因果之说，实则非也。狐之陷驴，已以机启狮矣，狮触机，亦立启其杀狐之机，盖物理应尔。若云因果，彼司命者，安能簿录其事，日日逐人之后耶。

二二　蝇死蜜

人置蜜隐处，而覆其盆，流蜜被地。蝇群集争入，其足并翼而胶之，死蝇无算。蝇垂死，群相诟曰："吾辈乃大愚，图一蜜而丧其躯，是寻乐而趣祸也。"故天下之至乐，从辛楚而得者，其乐永，且无祸。编者按：参见《况义补》第一四则。

畏庐曰：小人未始无悔祸之日，独其悔恒在事后耳。人谓小人乐死于祸，冤哉。

二三　狮诞仅一子

野兽鳞集，争诩谁之多子，质于雌狮，曰："君一胞得子几也？"雌狮笑曰："予每育一耳，然其生也，即为狮。"天下贵产，不以数争，安有以多寡定贵贱者？

畏庐曰：支那莫审卫生之术，嫁娶既早，而又苦贫，故得子恒赢。欧西人量力而娶，娶则能育，胎教及保婴之术，在在详审，故其民魁硕精悍，寡夭折之祸。其种不必尽狮也，然其对支那人固狮耳。

二四　农夫与蛇

蛇方冬而蛰，田者得之，而怜其僵，置之腹上。蛇苏，咬田者，毒发，田者死。垂死言曰："吾施德及于恶物，吾死，顾不宜乎？"天下博爱之人，不能使阴毒之小人，反而为善，宁在一蛇？编者按：参见《况义补》第一二则、《意拾喻言》第九则、《海国妙喻》第六则。

畏庐曰：阴毒之人，固不足悯，然无素而引为心腹，托以性命，此事虽墨子不为。吾友韦生，哀一瘟丐，就而诊之，遂以瘟死，并死其妻与女。彼瘟丐非蛇也，第其毒足以死人，韦生乐善，犹田父也。其死状与田父埒，正坐无素而托以性命耳。

二五　人狮争勇

有人挟狮并行，途次争勇。偶经石人像前，像持绲绲狮，状至雄厉，乃指而示狮，诩人之能。狮曰："此像出诸人为，故尔。果狮能制像者，亦状狮以缚人矣。"编者按：参见《意拾喻言》第七七则、《海国妙喻》第二三则。

畏庐曰：唐宋史书，矜言功者，每自张大，以唐宋有史，匈奴诸种族之史，中土不能译也。中史之矜功，即缚狮之石人。故事不两证者，恒不得实。

二六　柿树与苹果树争美

柿树与苹果之树竞美，荆棘处邻园，进而语曰："二君竞美胡为？凡人自视，无不以为美者。吾若自美其美，亦何讵不若君？二君休矣。"

畏庐曰：快意人宜防冷眼。

二七　鹤入捕鹳网

田父种稻，以巨网幂其上，因大得鹳。一鹤亦处其中，鹤胫触网折，乞命田父曰："主人赦我，君试审吾足折，而血液淋然，后焉为盗？吾且非鹳，盖鹤耳。吾性孝，君更视吾羽，何类鹳者？恃此求逭吾死。"田父大笑曰："尔言固善，然吾科尔罪，实与鹳等。鹳死，尔焉得生？"故天下之物，不可舍其类而自比于贱族。编者按：参见《况义补》第五则、《意拾喻言》第三七则。

畏庐曰：鹤之自辨非鹳，其心固鄙鹳之非偶，特恨其集田之时，偏自偶于鹳。彼鹳固自谓鹳鹳之辨，辨之在己，而行事之类鹳，则又未之计。嗟夫！不辨诸事，而但辨诸心，彼人焉能鹤汝耶？

二八　逐鼠大哄

有群呼于山之巅者，邻村怪之，以为遇眚也。争趋视之，至，乃见众逐鼠。天下有以小物而讧众心者，此耳。

畏庐曰：人心慑虚而易动，故登高者不呼，是说与礼合也。

二九　人熊自表

人熊自表于兽中曰："吾仁兽也，匪特无甘人之心，即陈死人，吾亦莫敢遽即焉。"狐笑而复熊曰："愿公宁甘死人。"

畏庐曰：熊恶尸而甘生人，犹鹤之不食腐鱼也。凡人明置其所不嗜者，而求遂其所嗜，人方以廉予之，恶知其属意别有所在耶？是言明理者咸辨之，不必桀黠如狐，而始觉之也。

三〇　龟欲飞

龟曝日中，与海鸥语身世，谓无傅吾翼以飞者。鹰过而听之曰："吾能挟尔于青冥之上，尔且何以报我？"龟曰："能尔，吾将竭红海中沈祕之宝，举以酬君。"鹰曰："诺。"爪龟而升，上出于九天，陡落于万峰之巅，龟乃碎其甲。龟垂死言曰："吾死分耳，吾泥行且纡，胡为造九天而登之？彼云霄与吾胡属，而必欲至之？"天下之人，欲酬其不可必得之欲，安得不碎甲以死？编者按：参见《况义补》第一三则、《意拾喻言》第一五则、《海国妙喻》第一〇则。

畏庐曰：求获于分外者危。

三一　狐堕眢井

有狐陷于眢井，百计莫出，羊渴而思饮，临井见狐，谓曰："泉甘乎？"狐佯为笑悦，盛道泉甘，招羊而下之。羊救渴忘溺，委身果下，渴止，狐始语以陷深莫出，乃交议脱险。狐曰："君举其前足抵甃，俯其首，吾将梯君之背而登，吾出则必脱子于厄。"羊诺，狐登，跃而即上，既出而跳。羊大詈于井中，狐临语之曰："尔老而悖，设尔脑纹多逾其须，则必预思所以图出者，何由得为吾愚？尔此后求饮于井，当先审而后入。"编者按：参见《意拾喻言》第三一则。

畏庐曰：小人与人无仇者，亦无必害人之心，独其可以害己者，则必移害于人以活己。故智者恒不乐与小人共利。

三二　狼蒙羊皮

狼欲求食于人，乃蒙羊皮而杂于群羊之中，牧人牧羊，并圈狼，严扃其栅。夜中牧人思烹羊佐朝飧，启圈取羊，误得狼杀之。狼图食乃反见食于人，哀哉！

畏庐曰：章惇之误入党人，小人之幸也；狼之误入羊圈，小人之不幸也。

三三　乌濯羽

最黑之乌,见雁羽,怅然将去其黑,因念雁羽白,必浣水而洁,乃舍其得食之地,即水中濯之。百濯莫变其黑,乌终不悟,遂委顿死。彼乌也,乃思易其天质,以求逞于世,胡可得哉?

畏庐曰:此非为向学者言,殆为安分者言也。

三四　鸽碰壁

鸽中喝求水,见人图杯水于店壁,不计其为画也,锐前而就之,触壁折其翅,因见获。卤莽之夫,去聪塞明,殆求水于壁杯者乎。

畏庐曰:冒利者智昏。

三五　狮请婚

一狮处深山之中,悦山家女郎,将偶之。其父畏噬,以术愚狮曰:"吾愿婿汝,若能如吾约,则听汝。汝能落而牙,去而爪,则好事近矣。"狮如约,更莅门请婚,父知其失爪与牙也,以巨椎斥去之。

畏庐曰:嗜欲中无英雄。

三六　车轴之鸣

笨车载重行野,用多驴拽之,轴大鸣,回语其轮曰:"尔胡鸣?吾辈任重,尔享吾成,宜鸣者吾耳。尔胡鸣?"呜呼!天下能任重者,固不鸣者也。

三七　鹳死带石

鹳大集于麦陇,田父扬其带以袪之,鹳知带之不为害也,仍止而食。田父缀石于带末,用以击之,鹳多死,乃呼其群曰:"彼麦方熟,防之甚至,吾当他适。彼爱其所艺,安能饱我?且彼心非徒冀我之避也,不逃将及。"天下巽语之弗动,继且绳之以法矣。

三八　狮老计

狮老莫能搏兽,思以术得兽,乃处穴而阳病,且使群兽尽悉其为病者。兽果集而哀之,狮起扑,尽果其腹。凡兽视疾者均无免。一狐知之,亦临存,去穴绝远而立。狮曰:"狐来狐来,吾病良已,尔胡遥立者?曷前就我。"狐曰:"敬谢大王,吾见泥上行迹,人就大王之居,乃未见其返者。"卒不入。呜呼!人能以人之被患为戒,其智者之所为乎!

三九　断尾狐

狐见取入槛,锐出而断其尾,丑之,思以术掩其丑。一日大招其类,请皆去尾,且曰:"去尾较前美,亦无曳涂之患。"一狐起于曹中曰:"君苟非自丑其失尾,又宁合众而议去其尾?"丧尾之狐乃大惭。

畏庐曰:一事不便小人之私,虽亡国覆军,亦甘心行之。狐之求众去尾,所求固未奢也。

四〇　二人遇熊

二人同行,遇熊于道,其一攀树而登,翳叶以避熊,其一攀树莫及,佯死于地。熊嗅其身殆遍,其人闭气如尸,熊忌死人,久乃去。攀树者下,笑语之曰:"熊附君耳何语?"对曰:"熊戒我勿与畏死者为友,遇难不相扶携,而先其身。"嗟夫! 患难至,交情见。编者按：参见《况义》第一一则、《海国妙喻》第六四则。

四一　健跳证

有人足迹四周天下,既游而返,盛夸其能,自言游倭漏支时,能健跳极远,此时无人能逾吾高者,可取倭漏支之人为吾证。时有一人曰:"勇哉壮士! 若技果确者,何待取证于倭人? 今更健跳以试其技,此地亦倭漏支耳。"编者按：参见《意拾喻言》第七二则、《海国妙喻》第六二则。

畏庐曰：操伪券以讼者,其中恒列死人之名为证,而讼卒不直,如此类是也。

四二　狗据草

狗席藁卧,而吠牛之过,以为将丧其草。牛语其辈曰:"彼夫也,殆为己者也。据草莫食,又不以予人,何也?"编者按：参见《意拾喻言》第三二则。

畏庐曰：藁固莫利于犬腹,而据之足祛一身之寒,牛一得之,藁无馀矣。此美洲所以力拒华工也。

四三　牧人碎羊角

牧人得亡羊,而收合其群,抵暮吹角,趣羊归。群羊皆行,而亡羊不习其声,弗行。牧人怒,取石碎其角,欲没其羊,不令归属主人。且语亡羊曰:"见主人慎勿言。"亡羊曰:"吾虽不言,而吾角固若能言者。"凡事不能谩人,则慎勿谩也。

四四　人瘗金

人有尽货其家具,而镕得黄金一锭,瘗之坏墙之下,日临视之。为其佣所觉,阴伺之,知其为瘗金处也,窃掘以去。瘗金者亡金,大哭,掔其发。邻翁慰解之曰:"君勿悲,第别取一石封识之,以代前瘗之金,则此石之娱君者,其用亦与金等。以君之处此金,固未尝责金之用,等无用矣,此石又何讵不如金?"

畏庐曰:中有所恃者,虽舍金乐也,若无恃而但恃金,又焉能舍?彼吝者之拥金,敝衣菲食,其中泰然,正以多金为泰,犹贤者之泰于道耳。代为思之,亦颇有滋味,故吾一生怜钱虏。

四五　猪羊同圈

豚与山羊及羖同圈,一日畜豚者取豚,豚大噑,山羊及羖责之曰:"汝胡鸣?主者常执吾二人,吾二人未尝鸣也。"豚谓羖曰:"主人执君剪其毳耳,取山羊者,取乳也。吾今见执,殆欲吾命耳。"

畏庐曰：不知祸者，未尝以得祸为苦，故人见决囚于市，恒欣幸之，痛不涉己也。若设身处之，则乐祸之心，必少杀。

四六　群蛙求君

群蛙之国无君，遣使求君于木星，木星之神，授以巨木，令君蛙国。木坠于大浸，触水浪涌，群蛙尽潜，已见木浮水弗动，乃稍出聚登其上。既而以为木之为君蠢蠢然，无人君之度，复上笺于木星之神，请更立君。木星授之以鳝，鳝亦不能君，蛙复请。木星怒其渎，遣鹭鹚临王其国，鹭鹚既莅国，乃尽食蛙类无遗噍。编者按：参见《意拾喻言》第四八则。

畏庐曰：前尹谨愿，则后尹必暴烈，正以习而玩之，遂以张其怒也。杀民无遗噍固酷矣，然吾科其罪，则重在乎前之纵之者。

四七　小儿取栗

一瓶实栗满中，儿童入手瓶中，饱取之，拳不得出。童不忍舍栗出拳，怒而大哭，保母谓之曰："若能少取栗，则拳出矣。奈何贪多栗，而以一拳括之？宜其不得出也。"

畏庐曰：人之求利也，利未至，已虚构一美满之量，谓皆为己所应得者。一不售其贪，则呼怆甚于丧祸。使能操之以约，则利长存，亦无争夺掣肘之虞，不其泰乎？

四八　农蛇寻仇

蛇穴于周廊之下,一日出咬其主人之子,立毙。主人主妇大悲,明日蛇出,主人以巨斧伺之,蛇疾行,仅断其尾。既而主人防蛇之复也,修好于蛇,以饼及盐置其穴,飨蛇。蛇微语之曰:"自是永无和时,盖吾见断尾,则必仇君,君思子,亦必仇我。"天下安有积仇于心,而能不图复者也?

畏庐曰:有志之士,更当无忘国仇。

四九　狐调狮

狮病喝卧穴,鼠旋其耳与颈而窘之,狮怒振其毛,且搜穴取鼠。狐过而调之曰:"君狮也,讵畏鼠?"狮曰:"吾讵畏鼠?吾盖怒不率之子弟,乘长者之急而弄之,侵人自由之权,可罪也。"

畏庐曰:小人难防。

五〇　枥人刷马

枥人长日刷马不倦,而窃取其刍。马曰:"君欲泽吾毛乎?则宁多我以刍,累刷胡为者?"故天下事贵求其实。

畏庐曰:绿营军帅,以军律律其下,进退拜跪,咸如礼,而饷储则多实军主之橐。举军咸能言者,而无一敢言,吾以为愧此马矣。

五一　驴骡共负载

骡夫挟一驴一骡,载重行远,二畜行坦,悉忘其负之重,及登高,则蹶。驴请骡分重以登崎,下则还其重。骡不答,驴不胜任,毙于路周。骡夫取死驴之负悉载之骡背,并增之以死驴之皮。骡大窘,言曰:"吾罪良自取,设吾预分驴之责,驴且不死,吾何由载其物,且兼载其皮?"编者按:参见《意拾喻言》第六〇则、《海国妙喻》第五九则。

畏庐曰:怀国家之想者,视国家之事己事也,必为同官分其劳。若怀私之人,方将以己所应为委之人,宁知是为公事,固吾力所宜分者?故虽接封联圻,兵荒恒不相恤援,往往此覆而彼亦蹶,则虽有无数行省,直无数不盟之小国耳。哀哉!

五二　驴媚主

有人畜一驴,并畜一小狗,狗之毛甚泽,驴则处枥,亦丰其刍。狗绝黠,主人时抚其背,凡赴席无不将饵以饲狗,狗大跳跃媚主人,主人愈悦。驴虽得刍,然任重行远,私慨身世,因迁怒于狗而嫉之。一日脱衔,冲入主人之室,跳跃冲冒,一如狗之媚主人,且入主人之怀,出舌舐主人之手,触几案翻,而肴核尽覆。家众大骇,恐主人困于驴,因出械驱驴,返其枥,箠楚已垂毙矣。驴大叹惋,曰:"此诚吾罪,吾胡为不甘心力作?吾又胡不得如狗之宠于主人?又奚为不安为驴?"编者按:参见《况义》第一〇则、《意拾喻言》第四六则。

畏庐曰:图分外者恒取辱。

五三　牛谋灭屠

群牸合谋,欲灭屠家,以屠之生计,均牸死路也。约日举事,争砺角以杀屠。中有一牛老矣,久于田作,乃抗言曰:"屠者固杀我,然杀我时,其术甚工,刃中吾要,未尝留馀痛以苦我。尔如覆良屠之家,则异日吾辈就死劣屠,濒死之痛,当逾百倍。君辈试计:屠者果尽歼,彼世人遂彻牛餐乎？幸勿求免常罹之毒,而易其百倍之酷。"

畏庐曰：中国人当一力求免为牸,欧西无良屠也。

五四　牧童谎语

牧童牧羊于近村,大呼狼至,村人争出,实无狼。如是者三四,牧童大笑。已而狼果至,牧童惊号曰:"众来众来,狼食吾羊矣!"声既咽,救者莫至,谓其谎也。狼知无援,遂尽羊群而去。世之善谎者,虽语其实,人亦将不信之矣。编者按：参见《意拾喻言》第七六则、《海国妙喻》第二六则。

畏庐曰：此骊山之覆辙也,然余固见之矣。同里某茂才小病辄号,且出遗嘱,久之家人亦弗信。茂才果以病死,妻子竟不一前。谎之为祸如是哉。

五五　驴驮盐

卖盐者将驴至海滨,驮盐归,必绝溪而渡。半渡时,驴跌,既起,盐被水消。卖盐者复引驴至原处载盐,而重倍前时,驴至溪佯跌,既起,盐复大消。驴得意而鸣,以为心之所欲者获酬矣。卖盐者知驴诈,复驱而之盐所,不市盐而市海泡,驴至溪仍跌。既起,海泡受水而肥,重逾盐十倍矣。噫!驴再行诈,其所负者亦倍重而酬之。编者按:参见《况义》第一四则、《海国妙喻》第三四则。

畏庐曰:小人之行诈,仅能一试,再试则人备之矣。然诈人者,固以受诈者为不觉也,因而所失者倍于所得。故天下之人,惟诈乃愚,惟愚益诈。

五六　犬系铃

有狗潜蹑人后,而咬其跟,主人恶之,以铃系项警人。犬转以得铃为荣,出炫于街衢。猎犬语之曰:"尔勿荣尔之系铃,盖主人表尔项,将使人人备尔,如防毒物。"嗟夫!恶人之播其秽,彼转以为知名于天下者,如此狗耳。

五七　牧者与山羊

牧者暮收其羊,见群中杂数山羊,圈之。明日大雪被野,不能出,乃俭饲己羊,而丰其刍于山羊,冀令合群于己羊中。迨雪融出牧,山羊见山狂逸,牧者追詈之曰:"是绝无情,风雪中饱吾刍,既饱遂逸。"山羊顾语之曰:"吾即尔薄己畜而重我,我审尔为人矣。尔昨善我,异日更得新羊,尔之薄我亦必如是。"旧友之不臧,何新之图?

畏庐曰:观此似汉高以王者供张款九江者过乎?既王而复诛之,果如山羊之言矣。究竟牧之厚刍,利羊之肉,羊之怀诈,全己之命,以机感者以机应。此不能喻君子之交道也。

五八　中年眷二妇

有中年之人，发已作灰色矣，而眷二妇，其一少艾，其一妪也。妪自愧乃以衰年近少壮，欲拔其人黑发，而留其苍者。其少妇则又恶以身事老人，欲去其发之苍者，而留黑。于是来往于二妇之间，竟秃其头。故世人欲周旋于二姓，而图其各惬，则惬者其谁欤？编者按：参见《意拾喻言》第三六则。

畏庐曰：吾见县官之难为也，制军曰可，中丞曰否，方伯曰可，廉访曰否，左右视均莫敢忤。其能调护融洽之者，能吏也。故惟有孔颖达，能牵合毛、郑之说者，乃许作经疏。惟此秃头人，能调和二妇之间者，乃许作良有司。

五九　病鹿

病鹿卧于藁草之上，其友集视之，每来，必啮其待病之草以去。病鹿遂死。其死也，失其馀草也。世人与鄙人友，恒多损而少益。

六〇　童手触草痛

童子之手，触于毳草而痛，归语其母曰："吾轻犯此草而痛逾常，何也？"母曰："此即尔所以受痛也。凡草毳者，轻触之则伤，重握之反不为害。"然则遇事当审所以尽其力矣。

畏庐曰：不善御下者伤威，故子产治郑以猛。

六一　占星落堑

星卜之家,夜辄占星,一夜登子城,竭其目力,而误入于堑,被伤而号。一人临堑视之,知其为占星也,乃曰:"悖哉翁也,尔竭其目力注天,乃不一俯其地,何也?"

畏庐曰:物蔽于近。

六二　狼说羊去狗

狼语羊曰:"吾与尔何仇,动无消释之日?且狗屡卫汝,吾甫即尔,而狗已嗥。尔若去卫遣狗,则吾亦善尔矣。"羊悦,听狼而谢狗,狗去,狼食羊。编者按:参见《意拾喻言》第五〇则。

畏庐曰:亚父逐,项籍亡,辅之不可彻也如是。

六三　猫妆医

猫见病鸟处巢,遂变服为医生,左执杖,右挟药囊,若业素精者,临巢言曰:"病若何?苟延我,当瘳。"鸟拒而谢曰:"吾举巢无病,君欲瘳我,先远吾门。"

畏庐曰:无因至前,餂我以利,须防其有所图。

六四　鸦傅众羽

有传闻木星之精,将册立一鸟为羽族王,克期集鸟群,惟其美者之择。鸦自审其丑,乃遍觅深林之中,窃他鸟落羽,聚饰其身。期至,鸦亦厕选人之列,木星将谋册之。群鸟大谨,争拔其羽,迨脱,仍一鸦耳。编者按:参见《意拾喻言》第一四则。

畏庐曰:饰无为有,纵善支厉当时,知其无长据之理。然必以是欺人者,重利昏其智也。小人之败露,岂尝自咎其悖,亦委之数与命耳。以为天命属我,何至于败?呜呼!此所以终身无免辱之日。

六五　小羊乘屋

羔乘屋四瞩,无能害之者,狼适过其下,羔俯詈之。狼仰视,阴怒而阳尊之曰:"君辱我,我已闻,然君无罪,罪在所乘之屋。"观此则弱与强竞,弱者果得其时与地,强者亦无如之何。

畏庐曰:贵势难恃,以所据之势,本非我有也。一旦势失,我之权力仍无足以抗人,未有不为人所龁齮。故必明于强弱之分者,始安分。

六六　盲妪对医

盲妪欲曈其目,与医约曰:"明则酬赀,仍盲则否。"议既,医日临视,然每至必窃妪物,再三至,妪物荡矣。妪目旋曈,医操券索酬金,妪见丧其家物,意医所为,坚不予酬,遂质之理。妪曰:"医言吾目明能烛物,则予酬,然吾审吾目仍盲也。以吾目盲时,尚能审吾家所有之物,今明矣,何一物不得见?是吾犹盲耳,何酬?"

畏庐曰:事有需小人而治者,然奏功以后,小人或不得赏,以彼处置公事,时时杂以贪心,试其馋吻,为人所轻贱,往往功成,而攻者四起矣。嗟夫!有其才,无其守,虽功犹罪焉,矧无才而专以贪著耶?

六七　母蛙鼓腹

牛饮于池,践小蛙毙之,母蛙索子不得,问其他子。他子曰:"死矣。比有歧蹄巨兽,践毙之。"母蛙吹气而膨其腹,问其子曰:"彼兽之巨何如我?"子蛙曰:"止矣,母勿苦,母必如是者,移时将裂其腹。"编者按:参见《况义补》第一一则、《意拾喻言》第二一则、《海国妙喻》第四六则。

畏庐曰:母蛙固愚,勇气足尚也。子蛙固智,学之适增长奴隶之性质。

六八　老圃策子以勤

老圃垂死,将策其子以勤,如其生时,乃呼而近榻曰:"吾家葡萄之圃,有隐藏,宜善视之。"老圃既死,群子争掘其圃殆满,莫得所谓隐藏者,而明年葡萄大熟,售倍常时。土见掘,葡萄根舒,受粪而果肥也。编者按:参见《意拾喻言》第五五则、《海国妙喻》第五八则。

畏庐曰:此赵氏之常山宝符也。赵氏不得符,而得国;圃子不得藏,而得葡萄之熟。善诒谋者,往往如是。

六九　黄犊为牲

　　黄犊悯青牛作苦，意甚不忍。已而秋获，青牛脱辔而嬉，见黄犊缚而即庙，将椎以飨神。青牛笑语之曰："尔即为今日，故终日暇耳。"
　　畏庐曰：美疢不如恶石。

七〇　二雄鸡相斗

　　二雄鸡相斗，欲争隙地为栖，其一败而飞逝，潜伏于陂，其胜者，乘墉鼓翼而鸣。鹰盘空见之，疾攫而去，伏鸡始出，遂止其地。于是地属败鸡矣。编者按：参见《意拾喻言》第一七则。
　　畏庐曰：此语足馁勇者之气，以国角国，当力求其胜，至于飞祸，不在所料者，勇者不计。若曰求为败鸡之幸获，宁复足取？

七一　老骥挽磨

　　战马百战而赢其躯，久乃挽磨于农家，因自怨悯，语磨人曰："吾曾临巨敌，主者摩吾脊及尻，且日刷吾毛片。今处此，甚郁郁耳。"磨人曰："否泰有时，勿忆前事。"
　　畏庐曰：男子处困，首贵养气，一涉怨望，易生乞怜之心。一乞怜，非男子矣。

七二　骑士秣马

骑士厚秣其马,临敌恃马如命,师还,则易以稵秕,且令载巨木以苦之。他日复临敌,笳鸣军出,骑士被马以甲,自亦披甲据鞍。马不胜二甲之重,踣于道,谓骑士曰:"主人今日宜步出矣。主人向以吾神骏之身,乃驴畜之,今片晌间,安能反驴于马?"

畏庐曰:观此足悟驾御英雄之法,凡靳赏吝爵之主,均不足与成大事。

七三　四肢叛腹心

四肢议叛其腹心,相谓曰:"吾侪日见役于彼,耳我,目我,手我,足我,无不如志。而彼中据,如如无动,何也?"遂叛。腹心之号令,一不能行,竟委顿死。耳目手足,亦相随焉。编者按:参见《况义》第一则、《意拾喻言》第二六则。

七四　杀鸡失晨

嫠妇日洁其寝,役二女奴,日课二奴鸡鸣起。二奴苦之,杀鸡令失其晨。主人既丧鸡,愈患其忘晓,夜未央,起促二奴矣。

畏庐曰:取巧者适自毙。

七五　葡萄复仇

葡萄既熟，其囊实浆累累然，有山羊过其下，啮其蔓断之。葡萄语羊曰："彼独无青草乎？然吾复仇亦不远矣。吾旦晚将酿实为酒，酒熟，尔已为牲，吾必沥尔之面矣。"

畏庐曰：葡萄即不见食于羊，其终必为酒，山羊即不仇葡萄，亦断不能自免为牲。欧人之视我中国，其羊耶？其葡萄耶？吾同胞人当极力求免为此二物，奈何尚以私怨相仇复耶？

七六　猴为狐算

猿跳舞于百兽之中，群悦其能，立为王。狐潜嫉之，置肉兽陷，引猿蹈其机。语猿曰："吾觅得穴，实物满中，留俟大王。苟得之，可储为国用。"猿悦蹈机，见陷，大詈狐。狐曰："尔蠢蠢如此，乃欲王百兽！"编者按：参见《意拾喻言》第七五则。

畏庐曰：此媢嫉者之常态，然猿之取戾，不在蹈机时，而在僭王时也。

七七　"最美者猴儿"

太岁之星，一日出教曰："天下之兽，孰最美者？吾将重锡之。"于是猿率其子至，其容充然，意必见赉于太岁之星。方猿以子入觐，众皆笑之，猿曰："余不知太岁之星，将锡吾子与否，然自吾目中观之，天下之美，未有逾于吾子者矣。"

畏庐曰：人人溺爱，往往未肯自承，此猿谅也。

七八　鸽请鹰拒隼

鸽遇隼而惧，请鹰为卫，延鹰入其居。既入，扑杀群鸽，祸烈于隼。盖鹰一日所杀者，其数垺于隼之一年。嗟夫！人病求药，而药之毒，乃转烈于病。

畏庐曰：托卫非人，其足自害者，尤甚于外侮。

七九　猪龙斗鲸

猪龙与鲸斗，方酣战，波浪动天。小鱼出巨浪中，语曰："二巨公若许吾居间者，吾必使二公息争。"猪龙曰："吾辈大鏖兵，谁死谁生，甘焉。安能以小辈与吾事？"

八〇　燕卵为蛇所食

燕方春依人而巢，营于会鞫之堂，一卵数子，蛇食之都尽。燕归大哭曰："吾在客之苦，甚于人哉。此间讯鞫之堂，凡人有冤，皆得申理，而我独否。顾不哀哉！"

畏庐曰：不入公法之国，以强国之威凌之，何施不可？此眼前见象也。但以檀香山之事观之，华人之冤，黑无天日，美为文明之国，行之不以为忤，列强坐观不以为虐，彼殆以处禽兽者处华人耳。故无国度之惨，虽贤不录，虽富不齿，名曰贱种，践踏凌竞，公道不能稍伸，其哀甚于九幽之狱。吾同胞犹梦梦焉，吾死不瞑目矣。

八一　瓦盌与铜盌

河流下驶,而浮二盌,一铜一瓦,瓦盌哀铜盌曰:"君且远我,苟触我,我糜碎矣。且吾固不愿与君同流也。"故天下之友,惟同其类者乃亲。编者按:参见《意拾喻言》第三〇则。

畏庐曰:邻国固宜亲,然度其能碎我者,亦当避之。

八二　狼受牧教

牧人捕得狼雏畜之,既长,纵之盗他群之羊。狼受教审,益长其神智,语牧人曰:"自君教我,我始知盗,愿君慎之。不尔,君亦将自亡其羊。"

畏庐曰:使贪使诈之言,中国之宿症也。质言之,昵小人者,万无幸。

八三　母蟹教子行

蟹语其子曰:"儿何由横行?苟直趋,不其美乎?"小蟹曰:"母言良确,设母能直趋者,吾必能效之。"母试趋,不果直。故教人者必以身。编者按:参见《意拾喻言》第八一则。

八四　祈晴与望雨

二女同产,一俪圃,一偶陶。其父一日至圃者之家,存其女,并问所业。女曰："吾健,业亦丰。然吾日惟望雨耳,雨集,则果树花蔬当弥盛。"父更至陶者之家,女独喜晴,晴则范土易燥。父乃谓其女曰:"若兄望雨,尔独祈晴,戾其应而同其愿,吾固无如何耳。"编者按：参见《况义》第五则、《海国妙喻》第三三则。

畏庐曰：明制国有大役,恒敕甲乙两大臣,以为正副。然甲所区画,事或戾乙,乙所部勒,势又蔑甲,均之皆私意也。因而下僚奔走调停,然意向既歧,事亦中败。嗟夫！彼俪圃偶陶者女耳,以一父之力,不能剂二女；矧下僚之事上,父耳,谓一子乃足剂二父耶？私之足以害公也,如是哉！

八五　子盗而母励

童子窃同学者之书,归献其母,母既弗怒,且励以他日当更盗之。子他日果盗衣,母仍励之如前。其子浸长,乃盗人宝货,见获,反剪就刑。母随至刑所,搏胸而哭,其子呼母耳语,遂啮母耳。母哭詈其子曰："忍哉！"子曰："吾方盗书时,母能止我,我又焉至于此？"编者按：参见《意拾喻言》第六七则。

畏庐曰：教童子无他长,先语以立志,立志在先辨人己之物。

八六　老人负薪

有老人受佣于人,伐薪于深谷,且肩入城市卖之。一日倦而止于道,因卸其负,请助于鬼,而鬼伯果至。薪者曰："举吾薪,肩吾肩。"编者按：参见《意拾喻言》第三五则、《海国妙喻》第一三则。

畏庐曰：怠惰不自勉者,只有终身说鬼话耳。

八七　老松笑荆棘

老松一日笑荆棘曰："尔材何庸！独不羡吾能为栋梁乎？"荆棘曰："伤哉君也！君试想斤斧之临，将求为吾而不可得矣。"嗟夫！贫而泰，所以胜于富而危。

畏庐曰：材而不求大用，乃反羡其最无用者，以自韬匿。吾国庄生，正本此旨，然隐沦也。吾甚愿支那有才之男子，宁受斧斤而成栋梁，勿效荆棘槁死于无人之墟。

八八　濯黑奴

有人购得黑奴，人谓之曰："奴黑殆积垢耳，苦主不为之涤而洁之。"其主韪其言，归而濯奴，且刷之。奴冻且死，而终不变其黑。凡物既涅其骨，则所泊之肉，其色又焉能白？

八九　鼠蛙同系

鼠窟地而居，出与蛙友。蛙一日戏鼠，自以组系鼠足，而并系己足以示亲，且邀鼠于田，窃食人稻。既稔，渐趋于池，蛙见水而嬉，忘鼠之系，鼠不能游，遂淹以死。尸出水面，其组犹系蛙足，鹯过其上，攫鼠尸，而蛙随以升，乃并果鹯腹。

畏庐曰：用长厚以友轻薄，长厚者恒受轻薄之累。吾推彼轻薄之意，何尝有必害长厚之心？特遇事不审而行，祸人因而自祸。故遇少年跳荡者，切勿与共事。

九〇　狼乞水

狼见窘于狗,病创弗出,羊适经其侧,狼就羊乞水曰:"若能得水济我,我不特免其渴,亦足于肉。"羊曰:"吾进水于君,亦将并进其肉矣。"不答而去。天下行诈以愚人,虽愚者亦审。

九一　酒瓶馀馨

妪嗜酒,觅得一故瓶,瓶盖夙储佳酿者,妪嗅其馀馨曰:"旨哉!吾不知酿此者,一何美也!"凡物处于极美之地,虽久故,其足以动人者恒在。

畏庐曰:循吏去,善政存,善政即储酿之瓶也。后人闻其馀馨而心醉,顾不宜哉!

九二　医瘿狗伤

一人伤于瘿狗,求医国中,其友知而语之曰:"尔创重,须以面包抵患处,令宿血渍其上,反以饲狗,创当愈。"其人笑曰:"若此者,正所以致群犬之啮矣。"天下以美酬酬凶人,正足导其为恶。

九三　渔猎易物

猎者罢猎,将狗而归,遇渔者负筍于背。猎者思鱼,而渔者又甚思兽,乃谋交易其所有,自是遂以为常。其邻见之曰:"设二君恒如是,将并失其交易之乐。后且必各匿其所有,不更相易矣。"

畏庐曰:朋友闻声相思者,其意实亲于故交,既见,则浸目为寻常之交,渐狎则相轻矣。故肝胆之用,不轻掷于常人,匪特自贵,亦无凶终隙末之祸。

九四　狐赚鸦肉

鸦衔肉止于树杪,狐过而欲得之,仰颂之曰:"君躯既壮,而羽复泽,设发声更美,则洵为羽族之王。"鸦闻而欲斥之,甫发声,而肉脱。狐疾取之,复语鸦曰:"吾友,尔声美于脑。"编者按:参见《况义》第九则、《意拾喻言》第二七则、《海国妙喻》第一一则。

畏庐曰:处小人勿暴怒,怒则失著。

九五　剪毛损肉

孀妇畜羊,将剪氄以易钱,又不求诸善剪者,自出刀治羊氄,而时损其肉。羊嘶曰:"主妇何为窘我?设出吾血,可以增毛之重,则无妨创吾肉。若必索吾命,则屠者在尔。若但取氄于吾,何不求诸善其业者?"天下费小者小得,未有惜费而能得者也。

九六　驴登屋舞

驴登屋而舞,碎人瓦无算,主人升屋擒之,楚挞不止。驴曰:"昨猴舞于上,主人笑瞩,今挞我何也?"嗟夫!愚人而自忘其分,其受挞亦将如驴矣。

九七　鹿匿牛栖

　　鹿因于狗,奔而匿牛栖,用草自覆。牛语之曰:"尔胡自投求死?"鹿曰:"吾侵君之居,君固不欢,然吾得间即逝。"迨夜,牛奴入饲牛,且多人往来牛栖之侧,均无觉。鹿自庆,且谢牛曹,牛答曰:"君险尚未脱,吾不敢贺君。吾主人盖能聚百目于一眶者,至,恐不能贷君。"言已,主人果至,相度四隅,视其草曰:"是何少?且牛荐亦稀,牛奴安往?蛛网积屋隅而不理,何也?"四瞩徬徨,见鹿角挺出于藁间,乃呼奴捉鹿,而杀之。编者按:参见《意拾喻言》第五二则、《海国妙喻》第一八则。

　　畏庐曰:能吏之精夔,初无必杀人之心,然事事严其网目,为奸利者,往往无心为其所得,此类是也。

九八　猎狗与守狗

　　一人饲二狗,一守一猎,猎归,主人恒以残兔之首饲守者。猎狗怒詈之曰:"是吾辛苦所得者,尔乃坐享吾成。"守狗曰:"尔勿詈我,当咎主人。彼诏我未尝以猎,第令坐享人馀耳。"故教令之不善,不能咎其子弟之惰而坐食。

九九　驴狮共猎

　　野驴与狮盟,同搏兽于野。狮曰:"吾多力。"驴曰:"我善驰。"已而皆出,恣其所获,大得兽。狮为宰,分死兽为三积,指其一曰:"吾王百兽,此积为王禄。"又指其一曰:"此其一与君侣获者,为吾分所当享。"又指其一曰:"是宜与君,然君不归我,则足以祸君。君休矣。"凡人有大权者,必有专享之利。编者按:参见《意拾喻言》第六则。

畏庐曰:强国之鄙弱国,岂特驴耶?不谋独立,而曰联某国、联某国,即予我三积,安有一积之得?北宋联金以摈辽,噬宋者即金;南宋联元以毙金,灭宋者即元,其证也。

一〇〇　狮与猪龙盟

狮游于海滢,见猪龙昂其首,狮请盟曰:"鳞族,君王之。兽族,吾王之。"无何,狮与兕斗,请助于猪龙,猪龙据水不能陆,狮恶其寒盟。猪龙曰:"君无詈我,当咎天。彼之王我,王水国耳,未尝许我得志于陆。"

一〇一　鹰伤箭羽

鹰蹲于高岩之上,伺兔,射生者射之洞胸,鹰仰翻见箭羽,喟曰:"此羽盖吾族耳。矢人用以饰矢,今乃洞吾胸乎?"故人于临难之时,往往自明其失,正以其所失者,足以增其痛也。

一〇二　鸢病祈神

鸢病且死,语其母曰:"母勿伤,亟以祈神,神或福我。"母曰:"世何神足以庇汝者?汝思神所据坛,何者汝不攫其俎上之肉?"故人于患难之时,蕲人之助,非纳交于平时,无济也。

一〇三　狮麂争饮

天方暑,狮与野麂均渴,同饮于小湫,争饮而斗,疲而据地息。见鹏鹗之属,盘于空际,将伺其毙,而甘其肉。狮与麂大悟曰:"吾今且息吾斗,勿自毙以果彼腹。"

畏庐曰:此鹬蚌之喻,浅而易晓者。

一〇四　系铃计

群鼠聚穴议御猫,俾猫来有所警觉。时议论者众,一鼠独曰:"必猫项系铃,行则铃动,即恃此为吾警。"主议者悦,询何人能以铃授猫者,座中莫应。编者按:参见《意拾喻言》第七八则、《海国妙喻》第四则。

畏庐曰:决大计于浅人,已误矣,又合无数不臧之谋夫,令其人各措一策,安得善著?每见发至难之议,不自省其能至与否,而但责他人为之,其智均鼠智也。呜呼!鼠智又安与决大计?

一〇五　眇鹿

鹿眇其一目,凡吃草于岸,恒以不眇之目向官道,备人与狗,用其眇目向水。一日渔舟过,以枪毙之,濒死叹曰:"吾备行道者侦我,乃不意水行者,竟有以尽吾命也。"编者按:参见《意拾喻言》第三三则。

畏庐曰:物不足动人求者,虽露积无害,否则严扃坚钥,而可求之象,恒跃然于外,矧此鹿日引身以近人者耶?

一〇六　鼠大将

黄鼠狼日与鼠斗,辄胜,鼠败而怼,以为无将,且师行无律。乃谋练兵,立大将。部署既定,与黄鼠狼挑战。大将以草冠其顶为标的,以号令群鼠,阵既合,复大败。群鼠趋穴,而大将草积其顶,趋穴莫利,遂见执。由此观之,位高者死近。

一〇七　贩枣渡海

牧者濒海而牧,见海平如镜,将易业为海贾,乃售羊贩枣,渡海。渡半飓起,舟几覆,尽投其枣始脱。已而他舟过,飓适止,牧者呼曰:"尔舟无枣乎？何以飓遇尔而息？"

畏庐曰：遇险惜命,出险惜枣,恒情也。苟时时以在险之心自怵,何但命全,即嗜欲之心,亦从而淡矣。

一〇八　狮畏鸡鸣

驴与鸡同处于人之庭院,狮入扑驴,鸡大鸣。狮性畏鸡,大恐而遁,驴以为畏己也,逐之。狮怒,反扑驴毙。天下度事误,而自以为得,未有不如此驴者。

一〇九　河伯詈海

河冰既合,河伯詈海曰:"吾流恒甘,既入海乃转而为咸,何也?"海若知其委过也,谢曰:"请君约其流,勿入吾境,则不咸矣。"世固有获人之益,而往往不承者。

一一〇　野彘砺牙

野彘休于林樾,以喙反泥其肩。狐过之曰:"君何自砺其牙?时无猎人与狗,足以取君者,君何砺?"野彘曰:"吾临敌而砺,晚矣。"故治国者,常治战具如待严敌,而后可言和。编者按:参见《意拾喻言》第七四则、《海国妙喻》第三七则。

一一一　发财痴计

村姑戴牛乳一器过市,沉思售乳得资,可易鸡子三百,伏之,即鷃其五十,犹得二百五十雏也。既硕,尽粥之,向岁可得巨金,用以裁衣,被之招摇过市,群少年必乞婚于我,我必尽拒以恣吾择。思极而摇其首,首动,器覆于地,乳乃尽泻。于是万象皆灭。

畏庐曰:此秀才一幅小影也。

一一二　蜂请帝赐针

蜂觐于帝居,贡其蜜,帝悦,宣敕曰:"尔何欲?余必有以赍尔。"

蜂曰:"帝更赐臣以针,有人近臣蜜者,臣将以赐针毕其命。"帝不悦,曰:"余不吝针,然尔以吾针螫人,针将传于人身,尔失针,亦将死。其道至危。"观此则举恶念以向人者,其报施之理,亦如鸡雏之必返其栖。

一一三　狼调狗

狼遇狗于道,狗方贯铁绳,系以巨木,狼调之曰:"谁人饲君,而肥若此?且谁系君以巨木,而不良君之行?"狗曰:"为此者吾主人也。"狼曰:"吾愿吾属不当交此否运,盖铁绳重,将内败其胃气。"编者按:参见《意拾喻言》第六二则、《海国妙喻》第四四则。

一一四　驴驮神像

驴过市,而背驮木偶造新庙,途人咸跪以迓神。驴以为人之迎己也,大悦而鸣,不复趋庙。驴夫鞭之曰:"愚哉畜也!人拜汝耶?果有之,而尚非其时。"凡人附势而行,而以人为畏己者,愚莫甚矣。编者按:参见《况义》第一六则、《意拾喻言》第六一则、《海国妙喻》第五六则。

一一五　自卫所业

有严城见围于敌,城中之民,集议卫城。有业礮者,谓礮善;业匠者,谓木善;业韦者,谓革善。天下之人,固自卫其所业。

一一六　犬见机

　　人野居为风雨所困,无食,先杀其羊,次取山羊而食,又不已,始杀其驾车之牛。群犬见而聚谋曰:"吾辈可去矣。彼牛以劳苦利彼,彼尚忍之,不去将及。"天下薄其家人,其获信于人,鲜矣。

一一七　狗老惫

　　猎狗壮时取兽,未有能脱者。迨老,遇野彘于猎场,疾啮其耳,顾老齿莫利,彘疾遁。主人失望,大詈狗,狗曰:"此非吾罪。吾勇能及,而齿莫吾助,无如何也。故吾乐闻主人之称吾壮,不乐主人之詈吾惫。"编者按:参见《意拾喻言》第四一则。

　　畏庐曰:此足动英雄晚岁之悲。

一一八　吾与吾辈

　　二人同行,一人拾遗斧于道,语其伴曰:"吾拾得斧。"其伴答曰:"勿但言'吾',当言'吾辈'。"已而遇觅斧者于道,拾斧者曰:"吾辈危矣。"其人复曰:"勿言'吾辈',但可言'吾'。"故天下惟能共险者,始可与共福。编者按:参见《海国妙喻》第三二则。

一一九　狮且死

病狮且死,野彘入啮其唇,牛又继至,角之。驴见病狮不为人患,亦入而蹄之。狮已欲毙,语曰:"吾竟被辱至此耶?辱甚于死,吾垂死而翻得辱,殆两死矣。"

畏庐曰:有志者,视辱重于死,乃垂死而仍不愿辱,则真有志者矣。今乃有以可生之人,故以死自待,听彘辱之,听牛辱之,且至忍辱于驴,何也?

一二〇　狼羡牧食羊

狼过牧人之庐,牧人方食羊肩,狼叹曰:"吾苟同彼之享此肩,人将詈我矣。"

一二一　望艑得漂木

行旅者群登山以望海,见绝远有物,意海舶也。迨将入港,止而俟之,而此物受风浸近,众曰:"是非大艑,必小舟耳。"已而物至,漂木也。众相谓曰:"吾辈久俟,乃俟此乎?拟为艑,而仅得漂木。"凡物出于人之过望,往往失其望。

畏庐曰:耳人之虚望,而期之以大器,见而失望,其受期者不任咎也。无冰鉴之目,妄以评骘天下名士,盖十失八九矣。

一二二　争赁驴影

行人赁驴而行远,天方暑,炎精若穷其力以铄人者。行人觅阴莫得,乃伏于驴腹之下,以避日。然驴腹仅蔽一人,而行人与驴夫争蔽。驴夫曰:"吾赁君驴,不赁君影。"行人曰:"吾以钱赁驴,则影亦属我。"语不相下而斗,回顾,已亡其驴。故争虚者丧其实。

一二三　驴请易主

驴受蒙于主人,减其食而增其劳,驴诉之于帝,请易主。帝曰:"尔其悔哉!"驴请不已,乃易以贩瓦之家。无何,驴见新主之役加甚,复诉于帝,请更易主。帝曰:"吾姑允尔,更请者死矣。"于是转之治革之家,较前之苦尤烈。乃叹曰:"吾甘死于初主之家,或役死于次主,亦得焉。若新主者,吾虽死,犹将利吾革也。"

畏庐曰:知自立者则人,不知自立者则驴。既驴而托庇于他姓,其主均贩瓦与治革者也。故凡求人保护者,不至于襞革不止。哀哉哀哉!

一二四　神问其像价

水星之精,将侦人意之向背,乃变服为人,趣于塑像者之家,遍观群像。见太岁之星与海王星,咸有像,因问价,若欲购者。既得实,乃自指己像而问塑人曰:"此像尤贵于前二像,是盖上帝使者。凡尔享之利禄,均彼豫为藉以授尔也。"塑人曰:"是像果贵耶?君若见购,君当减其价。"编者按：参见《意拾喻言》第八二则。

畏庐曰：自张者适自轻。

一二五　指背口

狐为狗逼，经于伐橡者之侧，乞其秘处以逃死。伐橡者指其庐与之，狐入。猎者与狗尾至，问伐橡者见狐否，伐橡者极口讳无，而辄自指其庐。猎者意弗向其指，竟前追狐。迨猎人与犬均逝，狐不谢而亡。伐橡者追狐，詈其无礼，谓吾续而命，而弗谢何？狐曰："设而指不叛而言者，更责吾谢未晚也。"编者按：参见《意拾喻言》第六八则。

畏庐曰：处世多危机，因患难以求人，貌为长厚者，正自难恃，亦患其言与指之相戾也。

一二六　橡拔草偃

大橡见拔于风，偃于江上，水草及岸草，均为所压。因语草曰："尔身轻，何不见拔于风？"草曰："君与风鏖，故甚败。吾辈风来即偃，因得自全。"天下欲胜人者，当先服人。编者按：参见《况义补》第一六则、《意拾喻言》第七一则。

畏庐曰：橡之鏖风，独立之英雄也。见拔于风，或根蠡而基圮耳。至仆而求教于偃风之草，则英雄气索之时矣。彼小草但能服人，何能胜人？一误信其言，终身屈于奴隶，故为此橡计者，当培基而固根，不当效小草之偃伏。

一二七　捕狮不成

狮入村舍,农欲捕之,乃闭其关。狮莫能脱,造羊圈而食其羊,继又奔牛。农大窘,拔关狮遁。既遁,农大悔恨丧其牛羊。其妻见之曰:"是殆自取,尔昔闻吼而震,今遽欲掩关而囚拘之耶?"

畏庐曰:不可制之人,不谋以道制之,以术制之,养威蓄锐以制之,严备广储以制之,乃仓卒张皇,思欲以疲军博强敌,浅谋图幸胜,未有不大丧其军实者。

一二八　狮夺狼食

狼取人羔,驮归其穴,遇狮于道夺之。狼遥詈之,曰:"尔夺吾羔,其理安在?"狮调之曰:"羔固君家物,然吾姑以为朋友之馈也。"

畏庐曰:强者之兼弱,弱者怒,强者恒不怒,知其势之不敌,不足以用其怒也。试观列强之对我,其语恒和平,岂重我哉?亦审吾不足与敌耳。

一二九　捕禽者待客

捕禽者将饭,有友来就之,而所捕又无禽,乃取其素畜之班鹊,杀以飨客。是鹊本育为禽媒者,鹊曰:"君既杀我,后举网将谁媒?又谁歌以引君睡?"捕禽者释之,易而取其雏鸡。鸡盖新冠者,亦辞于禽者曰:"君杀我,孰为君报晓?君忘晓,又安能趣网而审禽?"主人曰:"尔言良是,然吾友安可舍食?"故势处于必需者,则亦莫恤其后矣。

一三〇　蚁报鸽恩

蚁沿江湄而饮,为水所荡,且死。有鸽止于树颠,蹴落其叶,蚁遂舟之,以及于岸。已而猎者罗禽,欲得鸽,蚁螫猎者之足,鸽得逸。故人感人之深,未有不得机以报者。

一三一　兔病怯

野兔积馁于心,而往往遇险,乃约其侪同死,俾不落于敌手。群聚山之颠,同坠于深湖。蟆见之,咸趣水以逃。曹中一兔,言曰:"我辈固病怯,然尚有闻吾声而逃者,我何必死?"编者按:参见《况义》第二二则。

畏庐曰:偷安之国无勇志。

一三二　猴撒网

猴登树颠,见渔者置罟于水,猴视之乐。已而渔者归食于家,置网岸侧,猴疾下取其网,投水三数,而手缠于网,遂同坠。恚曰:"吾不业渔,而竟至此!吾咎讵非自取?"

一三三　鹄度曲而免

富翁购鹅并鹄,鹅佐饮,鹄以度曲。迨夜,厨人宰鹅,误取鹄,鹄知不免,扬声而度曲。厨人知其误,始释鹄取鹅。

畏庐曰：处危祸者尚急智。

一三四　鹿入狮穴

鹿受逼于猎者，窘而奔道旁之穴，穴为狮据，见奔鹿入，狮隅伏，旋起扑而食之。鹿叹曰："吾惟避人祸，乃自触于狮吻。"避祸而不慎所择，其落人手，宜哉！编者按：参见《意拾喻言》第五三则、《海国妙喻》第二九则。

一三五　渔者得小鱼

渔者长日仅得小鱼，小鱼翕气动其腹，乞命于渔者曰："吾躯小，不足佐餐。今试放我，俟吾长而更受捕，不其可乎？"渔者曰："吾弃其已得之小利，而冀其不可必得者，迨世之至愚者矣。"不许。

一三六　猎问狮迹

猎者怯其性，而随地觅狮迹，见樵夫于道，问曰："若知狮所在乎？曾见其迹否？"樵夫曰："审之，请示狮穴。"猎者变色，震其齿曰："吾匪问狮，问其迹耳。"嗟夫！世有英雄，行事当践其实，貌为武猛，何益哉？

一三七　狐困橡心

狐馁，见橡树之心，有樵者所置之饵，入而饱食之。腹膨不能出，大噪。他狐过之,橡中之狐述所苦,外狐曰:"子少须,必复子初来之状而出矣。"

一三八　二蟆议迁

二蟆同居于小池,暑而池涸,议他徙。路过一井,一蟆悦之,将入。其一曰:"井水固佳,苟不适吾意,又焉能出?"凡事安可不图其后。编者按:参见《况义补》第八则。

畏庐曰:君子入世,宜审所托。

一三九　灯傲日

一灯满其膏,自以其辉熠于日。已而风起光灭,主人燃之,咎曰:"尔自是勿更夸矣。既能自烛,则当静以葆其光。尔试观星虽荧荧,而当风莫灭,且勿须人更燃之。尔能自比于星足矣,何日之拟?"

畏庐曰:学士侈其所得,敢以傲睨天下,其人不必无学,特未知天下之大,更有胜于己者耳。知其不足,则学未有不进者。

一四〇　驼答人

阿剌伯人饲驼,既束装于驼背,将行,谓驼曰:"尔性喜登山耶?抑但喜平陆?"驼曰:"彼讵无陆？何遽以山语我?"

畏庐曰:善任人者,当任其所长。

一四一　终则抬驴行

有业磨者,父子谋粥其驴,将以驴趋墟粥之。路遇群妇人聚于井畔,中一妇人指业磨者曰:"彼殆愚乎? 何二人皆徒,而空其骞?"业磨者闻之,令其子跨驴,徒以随之。已而又遇群叟坐谈,一叟曰:"吾尝言之矣,方今之时,礼宜养老。彼童也,乃徒其父,而已乘耶?"因叱其子曰:"胡不下驴,以骑授而翁。"于是其父复跨驴行。数武以外,复见妇人行于道周,唾而语曰:"迂哉叟也! 若年耄,乃忍令此五尺之童,蹒跚逐尔乎?"业磨者乃与子并骑行。迨近墟矣,复有人曰:"驴属君耶?"业磨者曰:"然。"曰:"吾人百思,亦不意其为尔驴也。果尔,何忍尽驴力? 尔驴且惫,尔父子胡不合力共肩其驴?"业磨者思悦其人之意,果假得绳与杖,缚驴足而倒肩之。路人见者哗笑相逐。驴不胜楚,大嘶,登桥绠断,驴坠而入河,遂逝。业磨者大恨曰:"吾惟欲徇人意,四易法而终丧其骞。甚哉,欲求人悦之难也!"编者按:参见《况义》第一九则、《海国妙喻》第一九则。

畏庐曰:吾人行事,首贵当要。既当要矣,须有定力。定力者何? 拒浮议也。若行事而防人弹我,未有不坠骞于河者。盖彼纷纷者,不省局中之难,而强与人事,吾又安能一一而听之?

一四二　猫计诱鼠

群鼠穴于人家,为猫所知,入而扑食之。鼠匿不出,猫穷思以计诱之,乃自悬身于钩,状如死者。鼠探首穴外,见之,曰:"媪也! 尔若化身为肉团然者,吾亦不敢近媪矣。"

畏庐曰:蓄害人之心,虽极饰,无有不败露者。

一四三　牛窘于鼠

牛见啮于鼠，痛甚，图复其仇。然鼠捷逸而趋穴，莫能得。牛乃以角抵墙，既急，而卧于穴旁。鼠复出啮其腹，即逝。牛大窘，不知所为。正徬徨间，鼠语于穴曰："凡物侈言大者，恒无能。小而黠者，最足以侮人。君宜慎之！"

畏庐曰：粗犷之夫，与阴险之小人为难，往往不胜，智不足用也。

一四四　狗宴其友

富人大置酒以延客，知交与初识面者咸戾。家狗乘间亦延其类，曰："主人宴客，吾辈亦可作异常之乐，今当以夜就我。"于是狗友按时至，见陈设既美且厚，得意言曰："吾得与此，不其乐哉！然此会殊不常得，吾今夜必兼二日之饱始已。"方得意间，自摇其尾，以示其友。厨人见狗舞于筵侧，防碎其器，乃执其尾，掷出窗外，堕地而跛其足，且号且行。群犬闻声集，慰之曰："君为友人延饮，餍乎？"狗曰："吾实语君，醉而忘其出矣。"嗟夫！观狗所为，盖悟天下不速之客，恒不得主人之礼接也。

畏庐曰：伊索之评此未当也。李训、郑注、王伾、王叔文诸人，均乘主人宴客，而扬尾于筵侧者也。以疏乘亲，又张大其气焰，不待厨人之掷，人已有叱之者矣。取之无渐失必暴，吾为急于功名者惜也。

一四五　猴舞被妒

有勋贵之家多畜猴,而令其跳舞,猴习人久,能如人意。其状驯雅如学徒,方着面具,顶冠蒙衣,按节跳舞。中节处,每过于勋贵之近习,勋贵悦之。而猴舞不已,近习嫉猴,乃实果一囊,洒而掷诸台上。猴见食忘舞,尽裂其衣冠,争果而斗,见者方悦,而舞罢矣。

畏庐曰:小人之陷人,不示以可陷之机,彼亦无从而陷之。猴之嗜果,恒性也,其驯雅如学徒者,戾其性以求悦也。犹之矫伪为君子者,既为小人所觊,一试其术,伪者无不立败。是故真廉者必不涎人财,大公者必不嫉人善。

一四六　盗杀鸡

群盗夜劫人家,家贫仅得一鸡,攫而归。将杀之,鸡乞命曰:"吾有益于人,吾且能夜鸣警人令起而力作。"群盗笑曰:"闻尔言,杀尔之心益切矣。尔夜鸣警人,得不败吾事乎?"故人欲保全善类,未有不见嫉于凶人者也。

一四七　烧狐焚田

耕者百计思与狐仇,以狐累食其鸡鹜也。既而果得狐,将糜烂其躯,以泄愤,乃以麻渍膏缀其尾焚之。狐无心窜入其田,田禾方熟,因兆焚如,农终年勤动,不遗一粒矣。

畏庐曰:不善治小人者,往往自害其身。

一四八　行人侧卧井

行人疲于行,偃卧井阑之侧,其濒于陷者盈寸耳。忽有司命之神趣之醒曰:"君宜急醒,君不幸而入井,人将咎我。"以凡人患难之际,无不归咎于命者。彼固不自省行为之蹇,而专咎命,实则人事多坏于自主,司命亦不专任其咎也。

一四九　海鸥吞鱼

海鸥吞鱼稍巨,而破其食管,偃卧岸侧。鹰过而语之曰:"君过其享,宜获是咎。君羽族,飞则戾天,奈何图食于水。"

畏庐曰:分外之获难恃。

一五〇　狐得利

狮与熊争山羊之羔,大鬨,疲极而息。有狐往来侦之,见二兽相距而卧,遗羔道侧,乃疾进取之。狮与熊力尽莫起,相顾而叹曰:"两雄相角,彼小丑获其益矣。"编者按:参见《意拾喻言》第三则、《海国妙喻》第六三则。

一五一　天无道乎

理学家出行岸上,见舟覆于江,客与船人皆溺死。叹曰:"无道哉,天也!舟客果有获谴者,毙之可也,讵全舟之客,均宜谴者耶?"方徘徊间,见蚁自穴出,一蚁螯其足,理学家大怒,尽践群蚁以死。水神见于岸次,以杵击之曰:"尔所为者悉如天,胡詈天为?"

畏庐曰:今使登山者,以至明之目,俯视市集,市人行事,不能悉也;以至聪之耳,俯听瓦屋,屋中议论,不能辨也。今乃责天帝之耳目,求其平章全球,无论聪明必不能及,但问天帝何居?若居吾球,则当谓之地帝;若居空气,则周天之星,皆在统属,当不专帝吾球。故咎天者,均愚人也。智者则但言人事,事之成败,但以幸不幸断之,无他语矣。

一五二 鹰报德

村人见鹰为人所获,心怜其羽毛,开笼放之。鹰一日见村人坐于垂陨之石,疾下以爪扑村人,取其顶上所戴之物。村人起追鹰,十馀步,鹰遗其物还之。村人得物,还据故石,石已陨入深涧矣。

一五三 狐豹争美

狐与豹争美,豹炫其钱,狐曰:"吾美逾于子,盖吾不美其皮,美其智耳。"

一五四 狮逐鹿失兔

狮扑卧兔,垂及矣,忽见高原鹿过,乃去兔逐鹿。鹿所距远,狮不能及,复归而取兔,兔亦觉而逸。狮曰:"兔为吾得矣,吾惟欲求吾得逾于兔者,遂亦并失兔耶?"

畏庐曰:贪夫所为,往往如是。

一五五　祷不如毁

有业匠而贫者,家祀水星之象,礼之,冀免其贫。匪日不祷,久祷而家日益落。匠乃大怒,取像去其趺,抵像于壁,像首触壁脱,有金汁涌出其项。匠大惊,复取像语之曰:"吾礼汝,而贫日增,一毁,而首金乃涌出。然则尔亦贱种耳!"编者按:参见《况义补》第一五则、《意拾喻言》第三四则。

一五六　狮驴狐共猎

狮与驴、狐同盟而出猎,大获归,合二同盟,分享所获。驴宰之甚均,请狮与狐择之。狮怒,扑驴食之,令狐更定。狐知旨,乃取其美且多者为一积,授狮,自享则甚廉焉。狮悦曰:"孰导尔以如是之善。"狐曰:"此死驴教我者。"嗟夫!以后鉴前,狐之不趋于祸,宜哉。

一五七　牛落魄

有牡牛见狮而奔穴,穴盖牧者所遗也。穴有牡山羊据其中,见牛入,以角触之。牛回语之曰:"君尽其技触我,我入此,畏狮耳。狮去,试与吾较谁力之猛也。"

畏庐曰:处落魄之人,尤宜有礼。

一五八　嘲奔发

有贵人秃其发,剪他人遗发饰之。出猎于野,大风冲马,落贵人冠,并脱其发。同猎者大笑,贵人亦自嘲曰:"发非吾有,宜其奔也。彼附于人首,甘自脱籍,而为吾饰,今去,吾又何惜焉者!"

畏庐曰:读此当益明种族之辨。

一五九　橡神笺天

橡树之神,笺奏于太岁之星曰:"臣不胜斧斤之伐,植物中,维臣族受害至烈。"太岁星报曰:"尔所遇之酷,正尔自庆之时也。设尔不胜栋梁之任,彼斤斧又奚其至?"

畏庐曰:庄生之喻栎,主不用世;伊索之喻橡,主用世。

一六〇　爱可杀

猿生二雏,一爱一憎,无何所爱之雏饱死,受憎者毛泽而躯健,省食故也。故专注其意者,其功不必成。

一六一　狗不及兔

猎狗追兔,兔逸,狗不能及。牧羊者嘲曰:"彼二兽异族,小者行良。"狗闻而答曰:"君未知吾二氏之宗旨也:吾行之疾,仅图吾食;彼兔之逸,求脱其命。此吾之所以不及也。"

畏庐曰:人能以求生之心图功,虽有尼我者日伺吾侧,亦不足以败吾事。

一六二　狗谏

牧者圈羊,而并圈一狼,狗见之,语其主曰:"主人欲令群羊无恙,奈何充一席以容狼?"

畏庐曰:用人者可以鉴矣。举事欲图其成,乃以私昵之故,置一败群小人于其中,纵中道斥去其人,而贤者见机而远飏,能者避咎而内敛,大局亦无必全之势,故置人不可不慎也。

一六三　橡叹

匠者求材,得一巨橡,意斧力不能劈,乃削其旁枝为椓杙,入其裂纹,因而椎之。橡既裂而叹曰:"斧伐吾干,固也。乃即用吾枝为杙以裂我,此其尤可哀者也。"故自伐其国,其伤心甚于见覆于敌。

畏庐曰:嗟夫!威海英人之招华军,岂信华军之可用哉?亦用为椓杙耳。欧洲种人,从无助他种而攻其同种者,支那独否。庚子以后,愚民之媚洋者尤力矣。

一六四　蛇与蜂偕亡

黄蜂栖于蛇顶,以针刺之,屡刺而蛇痛绝,不知所以治之,见重车隆隆而至,乃以首抵轮下曰:"吾与汝偕亡矣。"

一六五　孔雀傲尾

孔雀张其尾如锦屏，用以傲鹳曰："余所被之服，杂金紫如御服，且虹中五色，余皆备之。若羽何灰败乃尔？"鹳曰："固尔。然吾飞戾天，声能达于星球，尔涂行而草食，直如鸡耳。"故文之丽者，其用不必良。

一六六　杀鸡取卵

村居夫妇畜一母鸡，鸡每日诞一金卵予之。村人自念此鸡必腹巨金，杀而揭取之，勿须日诞一卵。于是杀鸡，检其中无异常鸡，始大愕眙。嗟乎！愚夫愚妇，轻其常日之必得者而去之，而务大获，遂并失其常所得者。殆真愚哉！编者按：参见《意拾喻言》第四则、《海国妙喻》第一四则。

一六七　蛙语驴

驴驮木而经深池之上，失足坠，而木积其背，不遽上。驴纵声哭，蛙闻而语之曰："君遽跌，而哭若此？设如我者，长年处是中，又将如何？"

一六八　鸦妒鹊

鸦见鹊而妒之，以为人之占喜者，必恃鹊，一日见行人过其下，即大噪于树上。行人顾旁人语曰:"君自行,彼鸦,非鹊也,不足以兆君喜。"天下有袭取他人之美德,而为己有,未有不齿冷于人者。

一六九　橡神授斧柄

有人入深树之中,祈大橡之神曰:"吾斧无柄,乞授吾以柄。"橡之神诺,授以榆树之枝。已而其人之斧得柄,即用以伐树,树与神邻者,均无免。旋及橡树之神,神哭而语榆曰:"吾之至此,犹弈者首著之误其子。吾不授柄于人,吾又安得死?"编者按:参见《意拾喻言》第五一则、《海国妙喻》第二四则。

畏庐曰:奸臣之叛其所事,其始均乞得小柄者也。得柄,因以戕其主。唐宋之小人,无一不尔。有权位者,其慎哉!

一七〇　狗降狼而死

狼语卫牧之狗曰:"尔大类吾,何以不同心于我,而交如兄弟?且吾之所以异君者,无他,吾能自由,君为奴隶。然君忠于人,而人且笞之,而关械于君之项。役君以牧,迨食羊,彼自餍肉,以骨投君耳。如过听愚计,不如以羊授我,与子同饱,直至肚裂始已。"狗闻而悦之,降于狼群,狼大集搏狗,狗裂胸死,羊群遂入于狼吻。

畏庐曰:宋之处文文山,明之处于忠肃,岂不以奴隶畜之哉?而二公誓不易操者,亦知委身异族之必无益于己,故宁为赵、朱二氏之奴隶以死,万不如狗之附狼。古来雄猜之主,开国则重降人,而心则轻之。黥彭之不得死,盖已为高帝所轻矣,指顾之间,其族旋赤。彼狼之心,即季之心也。

一七一　牛杀狮儿

牛遇狮儿始生者,以角触死之,其母归见子死,大哭。猎人远见之,语母狮曰:"尔哭子乎?然人子为尔扑杀,宁复有数耶?何哭为?"

一七二　狮不敌射使

有善射者,入山侦兽,兽见善射者咸匿。独一狮当路敌之,善射者发一矢,语狮曰:"此即吾之使者报尔耳,尔当知吾力之所逮。"狮伤而遁,遇狐于道,狐曰:"公勇者,胡受一矢辄奔?"狮曰:"不然,彼以使来,吾尚不敌,况以人至耶?"

一七三　驼不足惧

村人见驼而惧,已而驼来徐徐,于人无忤,始敢近之。乃知驼之于兽为无用者,加之以勒,令小儿牧之。

畏庐曰:一西人入市,肆其叫咮,千万之华人均辟易莫近者,虽慑乎其气,亦华人之庞大无能,足以召之。呜呼!驼何知者,吾腆然人也,乃不合群向学,彼西人将以一童子牧我矣。

一七四　狐食蟹

蟹恶斥,弗居于海滨,迁沃田而穴之,以饱人稻。一狐方馁,取食之。**蟹被食时**,喟曰:"吾死殆自求耳!吾宜居斥,胡恶斥而迁此?"故人宜勿厌其所习。

畏庐曰:安分之人,犹或得祸,矧据非其分耶?

一七五　驴答主

牧羊者,易而饲驴,复纵驴以食人别业之纤草。寻闻其仇语于墙外,防为所得,乃捉驴鬣,趋急遁。驴惰而言曰:"吾何逃?吾即为彼得,亦不过如君日以四重物责吾背耳。"牧者曰:"凡役皆然,何能责彼?"驴曰:"彼役既如主人,吾尤不必逃矣。"

畏庐曰:美洲奴禁未弛时,国中仍少逃奴,非奴忠也,举国之视黑人,均如驴耳。不奴于此,彼亦捉而奴之,矧逃者无一幸免,又何逃为?今日黄人之势岌岌矣,告我同胞,当力趣于学,庶可化其奴质,不尔皆奴而驴耳。

一七六　狐不驱蝇说

狐绝溪而过,为急湍所冲,止于滩际。狐病莫能起,蝇聚嘬之。有毫猪过其侧,怜之,曰:"吾为君驱蝇,可乎?"狐曰:"不敢烦君。"毫猪曰:"然则蝇善乎?"狐曰:"否。蝇虽甘吾血,饱则必飏。如吾驱之,更易他蝇,吾血又当竭矣。"编者按:参见《况义》第一五则。

畏庐曰:此积疲之国人语也,求残喘之幸全,不欲更张以速亡。于计不为非善,顾亡一耳。振作而亡,亡尚有名,委顿而亡,亡且不齿。有志者,当不误信此狐之言。

一七七　贪妇育伏雌

妇人育伏雌,雌日必一卵,妇人自念苟得二卵者足矣,乃以二日之食食雌。雌肥而卵绝,是故贪者必贫。编者按:参见《况义》第四则。

一七八　鸡效马嘶

鹇始亦能歌如雁,一日闻马嘶,乃力欲效之,遂忘其歌。故人欲希不可必之获,未有不先丧其所获。

一七九　兔怨猎犬

猎犬逐兔于山之隈,得之,时以齿啮之,若力置之死,又时复与戏。兔曰:"吾至欲君以本心待我,勿累变其状。君果吾仇,可以死我;君果吾友,胡为见啮?"

畏庐曰:凡无国权之民,生死在人掌握,岂论公理?岂论人情?故凡可与人争公法者,其国均可战之国,否则公法虽在,可复据耶?

一八〇　兔求狐助

兔与鹰斗,求助于狐,狐畏鹰,谢曰:"设吾不知谁为子敌,子用我以敌谁,则吾之助子尚为智也。"

畏庐曰:此弱国大夫之善于词令者。

一八一　牛卖老

牛将归圈,思以窦入,尽力抵之。犊曰:"请以我为导可乎?"牛曰:"吾取窦为捷径时,尔尚未生也。"

畏庐曰:不学而强为人师,往往以年自矜。呜呼! 愚智之判,顾以年判乎?

一八二　鹿请粮于羊

鹿请粮于羊,以狼居间。羊不信,以狼素善夺,而鹿又捷足,恐无所取偿。故两黑者,必不能生一白。

一八三　猫间鹰鼷

鹰伏卵于危橡之柯,猫穴于橡腹而乳,而野鼷又育子于橡之根。猫升树语鹰曰:"吾与子均死矣。彼鼷方掘地以陷我。"鹰大恐。猫复下,以语野鼷曰:"鹰将攫尔雏。"野鼷亦恐。于是鹰、鼷均守其巢与穴,不出。猫夜出取食,窃啖其子。鹰、鼷及其子皆槁死,尽果猫腹。

编者按:参见《意拾喻言》第二二则。

一八四　狼号狮

一狼诞生而多力,逾于常狼,狼族不名之狼,名之曰狮。多力之狼,亦自以为狮也,乃去群而偶狮。老狐讥之曰:"吾愿吾族不至如汝之骄,而丧其本心。尔处狼中名狮,其处狮中必仍为狼,吾耻见伪狮也。"

畏庐曰:观无志之人,偶通西语,其自待俨然西人也。使彼一旦恻然念吾族之衰,恍然悟彼族之不吾齿,方将汗流被体矣。嗟夫!伪狮之见嗤,尚不失为多力之狼,若伪西人者,何物耶?

一八五　骡父为驴

骡饱食而无事,骄甚,自言曰:"吾父必神骏,故吾逸足,非恒骡所及。"明日主人乘而远行,骡苦之,曰:"吾过矣,吾父实一驴也。"

一八六　二蟆所处

二蟆相距至迩,一处深池,人莫之见;一处小湫,其旁为村路,实行人所经。池蟆语之曰:"君家至险,宜徙。胡不迁而昵我?且丰其食。"湫蟆曰:"吾重其迁,且故居,吾甚安之。"已而笨车过,轮陷湫,湫蟆死焉。

畏庐曰:境地为万人所争趋者,其托足必不牢,矧不审世故之夫,谬处于名场,颠踬为尤速矣。

一八七　巫不自知休咎

神巫坐于四达之衢,为行人语休咎。有人仓皇告曰:"君家为人劫,尽丧其家具矣。"巫大窘,黠者调巫曰:"君日为人语休咎,家之凶兆,顾不之省,何也?"编者按:参见《意拾喻言》第七九则、《海国妙喻》第四八则。

一八八　鹰报恩

蛇与鹰战酣,鹰为蛇纠数通,弗释。有村人过,为鹰解其缚,鹰疾扬。蛇怒,阴吐涎于村人之饮器,村人不知。鹰下爪破其器,村人遂免。编者按:参见《况义补》第九则。

一八九　渴鸦饮瓶

鸦渴,见巨瓶置于庭心,趋而饮之。水积其半,而瓶口小,不受啄。鸦衔小石填之,石满而水上溢,乃救其渴。凡物需之深者,巧始出。

一九〇　盗窃衣

盗客于逆旅主人,患无以给,将出其技行窃,以偿主人。久伺不得当。一日面主人衣新衣,坐于门次,盗即与语,倦而效狼嗥。主人愕问之,盗曰:"君试执吾衣。然吾亦不自知其故,殆有奇疾,每倦而呵气,必化为狼食人。"已而复呵,主人大恐,以为果化狼也。盗坚请主人执其衣,谓化狼时,弗致糜烂。言次又大嗥如狼。时主人衣亦为盗所引,不放。主人窘极,自脱其衣,盗即挟之以逃。

一九一　鹿食葡萄叶

鹿见窘于猎者,翳于葡萄树之下,猎者过之。鹿自谓脱险,乃大嚼葡萄树之叶。猎者闻叶声甚繁杂,觇逃鹿在焉,返而射之,鹿死。鹿濒死曰:"吾死分耳。葡树全吾命者,吾奈何食其叶,以趣猎者之射?"

一九二　虫胜狮

飞虫即而语狮曰:"吾不畏君,君虽勇亦不能窘我。君名为兽王,何有于我?盖君以牙爪胜,吾视之犹妇人之詈人。吾自谓胜君十倍,苟不信,试与吾斗。"虫语竟大嘤,如军之宣号鸣笳者,直前螫狮之鼻。狮大怒,以爪探其鼻,血涌出不止,而卒无如虫何。虫大胜,长吟而去。已而触于蛛网,为蛛所得。编者按:参见《意拾喻言》第一一则、《海国妙喻》第五五则。

畏庐曰:古来小人之毒,可以陷权相,倾大帅,折服朝贵,无与相牾,卒乃见谗于同利之小人。非将相之力不及也,轻其人不为备,久乃反为所覆。若同利之小人,貌虽与群,心则日备之,且同利无终合之理。故能死小人者,必小人。

一九三　狐言葡萄酸

狐馁而行于道,见已熟之葡萄,紫实垂垂然,思欲食,而力不能胜,忍饥而去。因自解曰:"此果酸不可食,殆未熟耳。"编者按:参见《意拾寓言》第一九则、《海国妙喻》第五一则。

畏庐曰：落第者，恒以新贵为不通，惟其有甚欲得之心，而卒不得，造言自慰，往往而有。故听言者，必察其发言之端，与进言之由。

一九四　胡桃累于实

胡桃植于道周，果累累然，行人以百计取之，或礌石，或梃击，日集其侧。桃树感喟言曰："吾命殆矣！彼既取吾实，乃竟以棰楚见报耶？"

畏庐曰：置一大市场于五洲之东，地广物博，其实岂仅胡桃？得之者岂仅于礌石而击梃？吾乃有四万万众之园丁，不能卫此树，听其摧践于人，哀哉！

一九五　羊羔以计活

羔归于碛上，失牧而见窘于狼，羔语狼曰："吾固公吻上之物，然甚有求于公者：及吾未死之身，君吹而我舞，尽欢而死，于愿斯足。"于是狼举哑觱篥吹之，羔舞于前，觱篥声方彻，而护羊之狗大集，争扑狼。狼顾羔曰："吾不得汝，殆吾自取。吾屠者耳，奈何变业为乐工，失汝宜也。"

一九六　猴谎称为雅典世族

船人海行，以猴自随，甫离希腊之口，大风起于海上。船覆，船人及猴均凫水思遁。猪龙见之，以猴为人也，乃取而登之岸。垂及雅典里许,猪龙问猴曰:"汝其雅典人乎?"猴曰:"然。吾且雅典世族也。"猪龙曰:"尔知庇利亚为雅典最驰名之海口乎?"猴以庇利亚为人也,遽曰:"是吾良友。"猪龙不悦,沉之海中。

畏庐曰:以诚语人,人或为动,用诈术者,匪不败露。

一九七　马图鹿

马行于空阔之地,若据其地为常牧之场,鹿过,窃啮其草,而欲甘心于鹿,乃延人以取鹿。人曰:"汝苟能就吾衔辔,则将乘汝以图鹿。"马急仇,诺之。既鞍,而马悟曰:"吾欲图复吾仇,乃转与人为奴耶?"

编者按:参见《意拾喻言》第二三则。

畏庐曰:急仇而不图自立,依人而求复其仇,未有不受辔于人者也。

一九八　鹳鹩入鸽群

鹳鹩见鸽集于仓庾,大果其腹,乃自以白垩涂羽,就鸽取食。鸽见鹩无声就群,以为同类也,亦与食。一日鹳鹩大鸣,其声甚异,群鸽觉而争攻以喙,逐去之。鹳鹩既不得食,归而自就其群,鹳鹩之群,见被垩之鹳鹩,颜色不类,亦逐去之。是鸟也,欲兼二族之利,而卒无一得。

畏庐曰:小人饰行以溷君子之林,若不自摅己见,发为论说,君子亦足以容之。然而小人未有不逞其论说者也,作伪者必不安伪。至见斥于君子,退就小人之群,而又随挟其君子之貌以相向,则尤为小人所不容矣。

一九九　猴谎语

狐与猴同行于墟墓之间,丰碑林立,猴语狐曰:"是神道碑,咸纪吾先德者。方吾祖生时,大有声誉。"狐曰:"君谎,固必择其甚美者居之,吾知之矣。第恨此墓中人,竟无能起而指君之妄。"

二〇〇　相妇

有人娶妻,不见直于家人。其人醰思:吾妇既劣,苟宁妇家,彼其家人所以处之者,亦得如吾家否?乃伪遣其妇,妇去即复,曰:"吾宁吾家,而家赡之牧人,咸不我直。"其人曰:"彼牧早出而晚归耳,设彼牧与尔长日处者,又将如何?"嗟夫！相人犹相草,但觇风信所向,立知草之劲弱矣。

二〇一　盗饵狗

盗伺人家,将穴墙入,携肉自从,饵狗俾勿吠。方盗授肉时,狗曰:"尔以此饵吾,误矣！凡无因贿人以珍馔,是益启人疑,而备尔。且是物之来,尔必将挟其所私而祸吾主人也。"编者按:参见《意拾喻言》第五八则、《海国妙喻》第五则。

二〇二　狠王嘉伪

二人同客,一诚一伪,一日山行,误趋狠穴。穴狠有僭号为王者,令卫士捉二人至,俾言人类之视狠者何如,且悉召其类,状若朝觐,分别以侍,仪卫殆如人也。二人既至,狠谓曰:"余可方何如主?"伪者曰:"以臣思之,盖令主也。"狠曰:"尔相吾侍臣何如?"曰:"均佐命之臣,其下者,犹足为专使与兵主。"狠王大悦,赐之以珍物。诚者傍伺见之,以为其人谎也,而王如此,吾苟以诚进,理当更得殊锡。已而狠谓之曰:"吾君臣究何若?"诚者曰:"王美狠,王侍者亦美狠耳。"狠大怒,令碎裂其躯食之。

二〇三　狐见狮

狐所处,终年未见狮,一日遇狮于丛薄中,狐大震欲僵。狮释以去。明日又见之,惊略杀。又明日复见,则夷然不复知惧,徐与之言。故唯能习人者,渐乃消其害己之心。

二〇四　黄鼠狼计捕鼠

有黄鼠狼老而惫,不能捕鼠,乃入于糠屑中,俾其毛纯白,匿于暗陬。鼠过之,以为荠之供饭者,趣前食之,狼乃扑而取之。又一鼠更进,复见食于狼。群鼠继至,均无免。最后一老鼠至,盖历累劫而幸生者,见即知狼之诡,乃曰:"若匿此耶? 吾见尔长伺于此,冀吾之膏若吻,难矣!"

畏庐曰：阅历久者，遇祸恒鲜于浅人。

二〇五　童子溺河

童子游于河，垂溺矣，行人过其上，童子大号求援。其人弗应，立而视，且申申詈其失计。童子曰："君先援我得出，责我未晚。"夫人临难，弗脱人于险，虽善其箴规，何益？编者按：参见《海国妙喻》第四三则。

畏庐曰：虽有良友，切勿进箴规于其未安宁时。

二〇六　孔雀不知足

孔雀诉于神曰："鹦鹉歌而闻者咸悦，臣独弗能，何也？"神曰："若躯伟于彼，且有文章，其项如碧玉，修尾灿金，五色斑烂，亦云足矣。"孔雀曰："是何益于臣？文虽蔚而不能声，殆哑文耳。"神曰："是天所定。若文，鹰鸷，鹦善鸣，鸦警祸，鹊送喜。是数者，咸安其能，若独不自足，误矣。"

二〇七　狼用韬晦计

狼随羊于牧，久随，无噬羊之心。牧者见之，其防愈周，凡狼之动静，牧者之神咸瞩之。而狼之视羊加亲，不露馋吻，牧者少安，渐引狼为同牧之人。一日牧人他往，令狼代牧，狼大嚼羊，死者逾半。牧归见之，啃曰："是吾自召，吾何为以羊授彼耶？"

二〇八　兔倡平等

群兔聚兽于原野,辈中一兔倡曰:"吾辈在礼宜平等。"狮曰:"尔言良善,恨尔缺其牙爪,于吾辈焉得平?"

畏庐曰:甚哉,牙爪之不可少也。兔以牙爪之缺,不能求等于兽,谓卫国者无兵,可以侪列强耶?

二〇九　"须钱急"

人有斫水星之神为像,粥之于市,无过问者,乃思以术张之。呼于市曰:"人孰得此者,神将助其得巨富?"市人曰:"君胡为不留以自肥其家?"斫人曰:"吾须钱急耳。彼神之福人以财,其效甚纡,吾不能待也。"

二一〇　鹦为鹰所取

鹦栖于巍橡之柯,歌既酣,鹰疾取之。鹦哀曰:"吾躯干小,不足以果君腹,请释我。"鹰曰:"尔为吾食之精品,食尔,吾分也。若释此他择,不其愚乎?"

畏庐曰:强邻舍我何择?

二一一　自刎必行

百舌之鸟,巢于麦陇,伏卵数,咸得雏。雏且燥矣,一日主人至曰："时至矣，吾将召邻以刈麦矣。"雏闻，告其母请徙，母曰："勿须，彼方恃其邻，非真欲刈麦者。"已而麦大熟，主人复临视，言曰："吾行须自刈，且以工来。"母鸟闻而告其雏曰："是当徙。彼先恃其邻，邻安得助？今自来，其志决矣。是当徙。"凡天下求助于己，乃得真助。

畏庐曰：为国家而藉助于人，虞心因之而滋，斗志因之以馁，一不得助，则举国张皇。若敌患非其国所应有者，病在恃人助，而不自助也。自助之云，先集国力，国力集，则国群兴，无论敌患可以合力御之，即大利亦可以合力举之。若事事恃邻而行，彼邻苟无所利，又安能为我？即为我矣，能如我之自为耶？深涧在前，猛虎在后，虽知其死，亦必超涧以避。间或得免，是又谁助？人能时时存争命之心以趋事，则求助于人之心熄，事集而国强矣。

二一二　犬与鸡友

犬与鸡友，迨夜同栖于丛蔚之间，鸡飞集林端，犬则伏穴。朝曦甫上，鸡大鸣，狐闻而欲取以为晨餐，乃临树而语，亟称其鸣，将与为友。鸡疑狐意之弗善，乃令狐趣穴而上树，狐信之，爪误蹴犬，犬起，遂食狐。

畏庐曰：天下惟冒利之人，始为人陷。

二一三　驴蹄狼

驴食于田，狼欲取之，驴乃伪跛。狼就而问之，驴曰："吾行篱西，棘刺吾蹄，尔若食我者，防棘伤尔腭，君试为吾蹄出刺。"狼诺，伏而取之，驴蹄狼，伤其吻。

畏庐曰：甘言者无善意。

二一四　山羊害驴

有人畜山羊，复畜一驴，山羊见驴健于食，嫉之。谓曰："主人待子良薄，时而运磨，时而载重。"因讽以托疾，佯坠于沟，可以自苏其困。驴信之，果自跌伤，主人延兽医。医曰："出山羊之肺涂之，创当愈。"于是主人杀羊。

二一五　牛识破狮计

狮将捕牛，而恶牛巨，思以计取之，乃进而语牛曰："属且杀羊，而能临吾居而共食之，至幸。"狮意欲驱牛于穴，易于野搏。牛行垂及穴，见大坑临其前，而不见羊，知狮诳也，疾趋而回。狮追语曰："临吾门而弗入，且吾未尝无礼，去我何也？"牛曰："吾临穴不见羊，尔意殆在牛耳。"

畏庐曰：争利之场，人人之用心，均如此狮。人能不以小利动者，或无陷穴之祸。

二一六　狐讥面具

狐入优人之家，尽取其物，见面具，状甚如人，以足践之，曰："是物良佳，恨无脑以实其中耳。"

畏庐曰：人安可虚有其表。

二一七　鸱杀螽斯

鸱夜搏物而昼卧,螽斯鸣其侧,鸱恶而止之。螽斯鸣益急,鸱怒,起而语之曰:"君鸣破吾睡,然吾有物便君饮,苟当意,来与吾同。"螽斯方渴,急起而就其巢,鸱出扑杀螽斯,螽斯至死不悟。

二一八　胶雀者为虺噬

有胶雀于野者,闻画眉鸣树颠,举胶竿徐进,误蹴毒虺。虺噬其足,毒发,胶雀者曰:"吾欲捕人,乃为人捕乎?"

二一九　驴调马遇

主人盛饰其马,奔迅间,遇其家驴于道。驴方任重行蹇,马语之曰:"吾不能不踢君以足。"驴夷然弗争,已而马病肺,主人置之田,为驴所为。驴调之曰:"君神骏何服此?昔之鞍辔又安在?君尝鄙秽吾,今亦犹吾乎?"编者按:参见《意拾喻言》第四二则。

畏庐曰:人不可以无养,凡失志而为人调,其始盖能调人者也。

二二〇　蝇栖车轴

蝇栖于车轴,趣骡曰:"行何蹇?胡不疾举而蹄?且而策吾不能嘬尔肤耶?"骡曰:"吾安能听尔?盖吾所禀承者,车中人耳。彼辔吾而策吾,缓急我自凛之,尔言胡为者?"

畏庐曰:细人托贵要宇下,转以意气加其家人,未有不取戾者。

二二一　羊识破狼计

狼见山羊啮于巉岩之巅,无计得之,乃呼曰:"岩危,失足且颠,不如平地,草纤而肥。"羊曰:"君图疗其饥耳,非为我筹牧场也。"卒不应。

二二二　狮取三牛

三牛共牧,一日狮伏于丛蔚之中,将取之。患其合群,力不能制,寻以法遣之。既离群,起而搏之,遂尽三牛。

畏庐曰:斯宾塞尔讲群学,以诏其国人,防既离群,即为人搏也。吾华人各为谋,不事国家之事,团体涣,外侮入,虽有四万万之众,何益于国? 又何能自免于死?

二二三　预乐踵忧

群渔出就渔所,举网沉,渔者大悦,以为得鱼夥耳。追举仅数鱼,半杂沙石,渔者爽然失望。渔中老人语曰:"是何必然? 凡愁苦之事,恒与欢乐者对待,吾维预乐,所以踵忧。"

畏庐曰:古人恒语"乐极悲来",余以为均因心造境也。审得悲乐之事,为人所恒有。惟不蓄极乐之心,则亦可减极悲之念,此语非身试之者不验,亦非有学养以济之者,亦不能以吾言为验。

二二四　村鼠与城鼠

村鼠延城鼠出游，并以观虚。城鼠既至，所餍者均麦格草实，喟然曰："君居此良苦，苟移居就吾，吾将以珍馔飨君。"村鼠悦，与之偕入，城鼠食以巨豆与面，及葡萄之脯、冬蜜、无花果之类，其尤珍者，则牛乳之饼。村鼠莫知所报，自伤身世，居非其地。方聚食间，主人入，二鼠奔穴，穴小莫容，窘甚。追人去复出，出，而主人复至。二鼠居橱间，大困，村鼠喟然曰："馔多，而吾悸亦甚，是宜为君专飨。吾归吾村，傍无窘我之人，吾亦足乐，无须城也。"编者按：参见《况义》第一二则、《意拾喻言》第八则、《海国妙喻》第九则。

畏庐曰：当使暮年墨吏读之。

二二五　老猿断狐狼曲直

狼詈狐窃其食，狐弗承，老猿居间，断其曲直。狼与狐竞辩间，猿折狼曰："君何人？乃至自疏其防，令以己食授人。"又谓狐曰："吾累观尔之行窃，往往不承，故天下心术既左，即有善行，人亦无信之矣。"

二二六　蜂鸟求饮

蜂与鸟并飞，求饮于村人曰："苟饮我，我必报君。"鸟曰："君植葡萄，吾以啄掘地，令土质松动，果必大硕。"蜂曰："我为君司侦，盗来，吾必螫之。"村人曰："吾畜二牛，吾未有以偿其力，彼已为吾行田，吾即有水，当与彼。尔何能冀？"

畏庐曰：家有忠仆，国有纯臣，其君与主，习安其良，未尝突加以奖励之语。至外有所形，则中有所动，始曰："吾仆忠也，吾臣纯也。"然其仍不与水之心，与待蜂鸟无异也。

二二七　子妍女媸

村人生一子一女，子妍而女媸，子女一日同嬉，见镜莹于其母之床，子喜貌妍，对镜自贺，女怒奔告其父。父乃并坐于膝上，并亲之以口，告曰："吾欲尔二人常临镜，男也貌美，则且益葆其美；女也貌媸，则益修德以掩媸。"

畏庐曰：媸安可掩？然人悦其德，则亦不厌其媸。此古人所以愿娶丑妇也。

二二八　狗啮狮皮

狗见狮皮，啮碎之，狐谓之曰："是夫也，苟生也，其爪当愈于君牙。譬人方坠骑，临而蹋之，彼焉能报？"

畏庐曰：知人之无能为报，大肆其诋诃，其人狗，其傍处而窃笑之者，皆狐也。人能防狐，始不为狗。

二二九　盲人揣畜

盲人能以手揣畜，而辨其名。一日，人以狼竖试之，盲人扪之竟，曰："吾未知其为狐雏狼雏也？若投之羔群，则羔必无幸。"故小人之性情，于童騃时，已为人所测。

二三〇 补履匠改业医

补履之匠,不能自食,易业为医,标其善药曰:"是药能去毒。"且广张其榜以取名。一日司城之官,欲试其术神否,乃出杯水,伪为置毒其内,令医饮之。医大窘,自承曰:"吾实无药以去毒,前云伪也。"于是司城之官,遍告其民,以实补履者之伪。

畏庐曰:以伪遇黠,伪者必窘。虽然,长厚者亦非不能力发人伪也,不为耳。

二三一 狼要马共觅食

狼蹒人田,遇马于陌,请之入田觅食。马曰:"是中果有食,君已飨矣,何由及我?"

畏庐曰:不见给于人者,在不苟取于人。

二三二 二仇共舟

二仇共载,分船之首尾而居。一日遇飓,船且沉,后载之人问舵师曰:"譬此船沉,先没其唇耶?抑先没其舵?"舵师曰:"先没船唇。"后载之人曰:"果尔,吾及见吾仇之死矣。"

二三三　鹑鸡同栖

一人畜斗鸡二，复购一鹑，令与鸡同栖。鹑为鸡扑，大窘，以为窘我者不同类耳。一日见二鸡自相斗，大悟曰："吾今不复咎鸡矣，彼同气不能相容，何能容我？"编者按：参见《意拾喻言》第六六则。

畏庐曰：凡树党而攻人者，党中之人，久之必自攻。盖不争则无党，党成则争益烈，始尚合党以攻人，继则反戈而自攻，气已锐发，不可遽敛，且耳目闻见，均争事也。遂以能争为党人之职，亦不择其党中党外之人，触则必争。试观蜀洛朔之党，其初本与新法为难者也，元祐罢新法，诸党人宜可无事，乃君子与君子相攻尤烈。呜呼！此皆不明于种族之辨者也。天下所必与争者，惟有异洲异种之人，由彼以异洲异种目我，因而陵铄侵暴，无所不至。今吾乃不变法改良，合力与角，反自戕同类，以快敌意，何也？

二三四　蟆卖药

蟆一日自标其门曰："凡物有病，吾蓄善药，能愈之。"狐见而问曰："君何能处方？君跛而皴其皮，不能愈，胡能愈人？"

畏庐曰：人贵自治。

二三五　狼谮狐而取祸

老狮病困于穴，群兽来觐，狐独不至。狼乘机以谮狐，方浸润间，狐至，而狮已中谗，大咎狐。狐辩曰："孰如臣之忠于大王者？臣所以后至,方四出求医以侍大王。臣焉敢后?"狮曰:"尔何术足以愈我?"狐曰:"得生狼之皮,被之王身,疾当愈。"狮立命取狼皮,狼就死时,狐谓之曰:"尔当辅王以善,奈何以恶言进?今定何如?"编者按:参见《况义》第八则、《海国妙喻》第三九则。

二三六　犬睡曲伸

犬方冬睡时,必曲旋其躯,以首就尾自热。迨夏,则伸其躯矣。

畏庐曰:人之屈伸须待时。

二三七　风日争权

北风与日争权,试之路人,孰先褫其衣者胜。北风肆力以吹人,风力愈迅,而行人愈缩,而兜其衣。风惫,让日为之。日光甫及,行人解衣,已莫胜热,且尽去其下衣入水矣。故以压力胜人者,恒不胜,不若令人自解之速也。编者按:参见《况义》第二则、《意拾喻言》第五四则、《海国妙喻》第一六则。

二三八　鸦忘恩

人笼得鸦,鸦吁神以脱其囚,且云:"苟自脱,将以馨香酬神。"鸦果得释,出险,遂忘其酬。他日更为人得,复祷他神,神曰:"鄙哉禽也!尔忘其故恩,更来求我,我何由信之?"

二三九　狐鹭互请客

狐延鹭饮其家,初不治具,惟豆羹一器,摊之盘中。狐餂之快绝,鹭啄虽锐,得豆恒少,豆遂尽为狐食。他日鹭报飨,以瓶贮馔,鹭啄能入,狐则不能。盖撒豆于盘,鹭间得之,而实馔于瓶,狐力仅能嗅之而已。编者按:参见《意拾喻言》第五六则、《海国妙喻》第七则。

畏庐曰:以机召者以机应。

二四〇　狼顾影

狼行于山下,西日将匿,射狼影绝大,其长几盈亩。狼自顾影,叹曰:"吾影如是,是宜为王,胡为畏狮?"正凝想间,而狮斗起于丛薄,噬之。狼曰:"吾自视逾其量,得死之由,其在是乎?"

畏庐曰:凡居不可终据之势,而擅其威福者,均狼之顾影也。

二四一　蝙蝠再变

鸟与兽鬨,杀伤相当,蝙蝠居间,遇胜则附,遇败则叛。一日二氏缔盟,蝙蝠反侧,遂为二氏所觉,禁之不令昼见,以夜飞行,如狗盗焉。编者按:参见《海国妙喻》第五三则。

二四二　少年见燕

一少年喜挥霍,尽亡其产,惟馀宽袍一袭。一日遇燕掠池面而过,少年以为夏垂至矣,可勿需袍,遂取以易钱。已而冬寒,见燕冻死于池面,叹曰:"伤哉鸟也!胡为死此?尔方春而嬉,不为寒计,尔死宜尔。而我见汝而去其袍,今亦殆矣。"

畏庐曰:善谋国者必备患于未然,不能以已治已安,遂弛其备。

二四三　吹角兵

吹角之兵,其声雄厉,闻者咸为鼓动。一日见获于敌,乃乞命于守者曰:"吾司角耳,身弗挟刃,且未毙君队一人,可以逭吾死乎?"守者曰:"此吾所以杀君也。君不杀人,而吹角呜呜然,已足以鼓动人人杀人之心,此君之所以死也。"编者按:参见《意拾喻言》第四五则、《海国妙喻》第六○则。

二四四　角鸱诏鸟

角鸱诏群鸟曰:"橡树之子方萌芽时,尔辈必践而坏之,勿令生长。以橡树有胶,取以胶鸟,无免者。又麻林方生,亦须坏之,此树亦足以害吾族。"继而见射生者至,知将以矢镞从事,呼群鸟避之。群鸟不应,且讥其妄。寻果见弋,始神角鸱之言,群奉以为师。鸱怒众愚,亦不之诏。

畏庐曰:角鸱不足言,而其智则可尚。西人抑印度,不使力学,令终身无向明之期,此即残橡子坏麻林之智也。今又将施其智于黄人矣,黄人中脱有以此言进者,方群目为角鸱而逐之。嗟哉黄人!受弋之期不远,奈何群逐角鸱耶?

二四五　美与恶

举天下之美者,一日尽为恶驱之,于是群美所应据之席,尽为恶据。美之族类诉之天帝曰:"臣求帝还臣之故,勿令彼恶得以侵臣所有。且臣与恶不同类,杂居足以败臣事,请远之,俾勿与臣斗。帝尤当为臣与彼恶分途而趋,令勿溷臣。"帝许之,谕曰:"凡今恶物当类聚,其入世也,必以队行。若众美之族,当徐徐附人,不当麤至人世,示与众恶殊途。"帝命既锡,恶族遂夥于美族,然美族划然自分于群恶之中,故世人亦易从而识别之。

畏庐曰:此伤心之言。

二四六　驴蒙狮皮出游

驴蒙狮之皮,出游,群兽咸慑。驴乐甚,嗣遇一狐,讥之曰:"使吾未闻君鸣,吾亦几慑矣。"编者按:参见《意拾喻言》第一三则、《海国妙喻》第四二则。

二四七　兔被鹰攫

兔见攫于鹰,知不免,乃恣哭。雀见而诋之,曰:"若足朴遨善走,胡为见及?"雀语未竟,鹯已取之。兔垂死释然曰:"若乃自鸣得意,见吾死而乐,今何如矣?"

二四八　蚤与牛

蚤谓牛曰："君博而多力,乃受箠于人,弗较,何也？吾为小丑,然噆人膏血,人弗能报,似胜君矣。"牛曰："吾恋恩,故于人无尤。试观人虽笞我,有时而抚吾背,又似昵我,我何敢仇？"蚤曰："人之抚君者,在君为恩,若以施之我,我立死矣。"

二四九　懒驴

有人性嗜驴,一日人以驴求粥,牵而归,与家驴同豢。外驴与内驴处,然无一合,独与至懒之驴相摩倚,状若甚亲。其人急授御箠而还诸其人,驴人曰："君得驴未乘,胡为见还？"曰："吾观君驴,与吾驴至惰者处,君驴亦必惰。"故相人但观其所与。

二五〇　鸽多子

鸽处笼中,自夸多子,鸦闻,就笼而语曰："君诩多子乎？子多则君之悲慨者将尤深。试观君子,均已受樊于人,何夸为？"

畏庐曰：吾黄种之自夸,动曰四万万人也,然育而莫养,生而不摄,人满而岁恒歉,疫盛而死相属,因赔款而罄其蓄,喜揭竿而死于兵,所馀总总之众,又悉不学,夸多又胡为者？哀哉哀哉！

二五一　呵暖嘘冷

罗马之人，与一怪人友，其人半躯具人形，其下羊耳。二人缔盟，以酒沥地，誓生死。一日天寒坐语，其人以手自呵，怪人问之，其人曰："呵暖以御寒。"他日同食，饣胡气蒸腾，其人复呵，怪人又问，其人曰："呵冷以祛热。"怪人大怒曰："吾不复信子矣。气出自一人，而冷暖自变其用，此复可名为人耶？"去之。编者按：参见《况义》第一七则、《海国妙喻》第五二则。

二五二　诸神争能

古人相传人种造自太岁星，牛种则造自海皇星，屋宇则太岁星之女肇其基，三神既奏功，因各争其能，就质于莫纳室之神。神害三神之能，掩长而诋其短曰："牛角胡为不置牛目之下？觓时则能视敌而厉矣。"又诋太岁星曰："胡为内其心，而不悬之外？设外悬其心，则一蓄恶念，人已觇之。"又诋太岁星之女曰："构屋胡为不加以轮轴？设与比邻不洽，则可以改轮而他徙矣。"太岁星闻其议左，斥诸质所之外。

畏庐曰：天下变乱黑白者，多如此类，故能成一事者，必先不恤浮言。

二五三　鸦效鹰攫羊

巨鹰下自万峰之巅，攫羔而上，鸦见而羡之，思与鹰竞攫肉，飞鸣于牧场，得瘠羊而爪其背，爪为羊毛所纠，力挣不能脱。牧者就而捕之,反剪其翼,归以授其子。子问牧人曰:"此何鸟耶?"牧人曰:"殆鸦也。彼其自况,则鹰耳。"编者按:参见《意拾喻言》第三八则。

畏庐曰:行事宜自量其力。

二五四　鹰狐为友

鹰与狐友,谋同居,鹰巢于巨木之柯,狐即穴其下,誓相安。无何,狐外出取食,留雏其穴,鹰饥,扑杀乳狐,以哺其子。狐归大悲,既悲其子,又悲其不能复仇也,思所以报之。一日,鹰飞经庙门,众方炙肉祠神,鹰疾下攫肉。炭火胶肉上,归巢,巢焚。鹰雏悉坠,狐径前食之都尽。编者按:参见《况义补》第三则。

二五五　小囊大囊

旧籍有言:人生之时,项上必带二囊:其一小囊也,所纳恒他人之过失;其后囊大,贮一身之过失。故人之观人过也恒明,烛己愆也恒闇,囊背也。

二五六　牝狗求地

牝狗将乳,求地于牧人,以诞子。牧人许之,子生,狗复求渐居其地哺子,牧人亦许之。追狗雏长,遂据其地,牧人至则噬之,不令近也。编者按:参见《意拾喻言》第一八则。

畏庐曰:今日寄吾门庭而诞子者,子硕且勇,方日噬其主人矣。吾不咎予地者之过,咎夫不求人狗相安之方,而日挑其怒以招其噬也。

二五七　鹿角与蹄

鹿苦暑,就饮于池,见水中之影,角搓挵而巨,自悦其伟貌。复念角巨而蹄乃纤,因大不平。方郁伊间,狮至,鹿大奔绝疾。然驰于平原,则鹿疾而狮钝,追入深林,角梗于树,为狮所及。始大悟曰:"吾乃真愚,且复自欺,吾足善走,吾则鄙之,吾角足以死吾命,吾则悦而称之。"嗟乎!凡物之侈贵于平时者,均其可轻者也。编者按:参见《意拾喻言》第四三则。

二五八　百舌葬父于脑

古籍相传:天地未判以前,已生百舌,百舌丧其父,不得地以瘗,陈尸五日。越六日,子鸟大悲,葬其父于其脑。至今顶上生毛一簇,人以为墓树云。

二五九　虫栖牛角

虫栖于牛角,久不去,每飞辄鸣。问牛曰:"曷同行乎?"牛曰:"吾未见若之来,若去,余又安能屑意?"故小人恒自贵其身,而有识者未之重也。

二六〇　驼效猴舞

群兽聚于山林,猴起舞,众悦其中节,处猴以高座。驼见而悦之,思以悦众,亦起舞,而丑态百出,众噪逐之。故人欲逾量以媚世者,恒不能得。

二六一　狗饮河

群狗饥,聚于河濒,见中流浮牛革,欲取食之。念河涨莫涉,乃争饮河,俾河干取革,于是群狗皆膨亨而死。

畏庐曰:非义之利,犹革之浮于河也,不舍命以求之,安有死法?

二六二　饥鸦留食

鸦饥欲死,栖于无花果之树,树实已落,尚留其一二颗,顾瘠而未熟,鸦留待之。为狐所觉,箴之曰:"而诚自愚,乃望不可必得之物,而救其疲,容可冀耶?"

二六三　樵失斧

樵伐树于河干,坠其斧于水,樵大哭。水神见樵而慰之曰:"若何哭为?"樵告以丧斧,行且无以自赡。神入水取金斧与之,曰:"是若所坠者耶?"樵曰:"非是。"神复入,出银斧曰:"是乎?"樵曰:"否。"第三入,始出樵旧斧,樵得斧大悦。神乐其愿,遂并赐以金银之斧。樵归,告其亲属,其辈中一人欲踵其迹,冀得如前樵,遂故往掷其斧。神复见于水上,察其丧斧也,亦立授以金斧,示之曰:"是若斧乎?"其人直前取之曰:"良是。"神不悦,索还其斧,不更为其觅旧斧矣。

畏庐曰:此与《酉阳杂俎》中所载筑糠三版事正同,实则秉至诚者,无往不得人怜也。

二六四　圃者斫树

圃者树苹果而不实,虫雀飞集其上,圃者莫利,谋去其树,出巨斧斫树根。草虫与雀求庇于圃者,俾勿伐,且请以歌自赎。圃者勿听,斧下且急。根垂拔矣,见群蜂穴于树心,实蜜满中,圃者舍斧不忍复伐。嗟夫!人惟有利于己,始为之动,彼善歌胡为者?

二六五　二兵遇暴客

两兵同出,遇暴客于路,其一骤奔,其一出械与斗,贼毙。先奔之兵见贼毙,复返,出刃脱衣曰:"孰劫吾友?吾将与格,且追杀之,彼横暴吾友,吾必不能赦!"斗贼者曰:"君语足以张吾气,然吾信君言已足自雄,君今且匣而刃,御而衣,缄而口,得人足以受君之谎者,然后出之。方君极奔之时,吾已大悟君之神勇,不足令人信矣。"

畏庐曰:临难惜命自顾,此不足责也。贼既毙,乃慷慨示义,则诚可丑。吾谓其人尚知义之可冒,其心亦未必忘义者,若夫卖友之人,落井下石,犹自矜其智,心术又在此种人之下。

二六六　牧者摇橡

牧者驱羊于林薄,见巨橡大逾常树,其实累累然,牧者委衣登树,而摇落其子。羊食橡子,且啮牧者之衣尽碎,牧者大怒曰:"是物寡恩,尔身之毳,人且衣汝,吾以恩食汝,汝反碎吾衣!"

二六七　人呼神驱蚤

蚤嘬人足,其人呼天神为之驱蚤。已而蚤复至,其人且号且咎神曰:"蚤微物耳,神不吾佑!设吾遇大仇者,神又将如何?"

二六八　狐狮约为主仆

狐与狮约誓为主仆,各执其事,狐主谋,狮主杀。狐一日语狮曰:"是处有兽,足供晨餐。"狮果获而独享之。狐曰:"嗣后吾不复尔告矣。"他日游牧场中,而猎犬大至,狐遂毙于犬吻。

二六九　狼过信妇言

饥狼四出侦食,行经人家,闻其母语子曰:"若勿动!若动者,吾将掷之门外饲狼矣。"狼悦,伺门外竟日,不得。追夜,复闻其母抚其子曰:"若宁贴而睡者,彼狼来,吾将烹之。"狼大窘,归,其牝调之曰:"尔何竟日不食?"狼咤曰:"吾惟过听彼妇之言,所以终日饥耳。"

畏庐曰:黩货之人,恒为人愚。愚之者,不必有心,而黩货者处处若皆有利窦焉。殚精疲神,卒无所得,是能咎人耶?当自咎耳。

二七〇　鸡伏蛇卵

牝鸡见蛇卵,取而伏之。垂出矣,燕语鸡曰:"愚哉!尔乃为蛇伏乎？彼雏出，将害人，尤必先及汝矣。"编者按：参见《况义补》第四则、《意拾喻言》第四四则、《海国妙喻》第二二则。

畏庐曰：卵翼小人，决为反噬。

二七一　松羡玫瑰

松矗立园中，见玫瑰花盛开，松喟然曰："尔姿色至媚，神馨之，人悦之，吾甚妒汝也。"玫瑰谢曰："公毋然。吾英虽繁，即无攀摘之祸，亦将萎谢，讵得如公凌寒而苍，仙寿千纪耶？"

畏庐曰：吾人当自求寿世之学。

二七二　槐阴庇人

行人徂暑，休于槐阴，坐而相语曰："此树匪果，留之何益于人？"槐曰："尔方翳吾阴，胡言无益？"天下固有受人之庇，而反噬者。

畏庐曰：患难之心敛，敛则不生恶念；休逸之心恣，恣则多幻想歧思。翳槐之人，非有仇于槐也，奔阴而乐，患暑之心已息，思因而歧焉，遂有咎槐之语。故处安乐而不忘忧患者，惟君子能之，于常人何责焉。

二七三　驴乞食于马

驴乞食于马，马曰："吾得馀者，必以授子。使子能以夜来，吾将以包谷食子。"驴曰："吾昼不能乞君馀食，而夜来反得盛享，殆愚我耳。"

二七四　鸦坐羊背

鸦坐于羊背,羊甚弗欲,曰:"苟易吾背为狗背者,见噬矣。"鸦曰:"吾易柔者而礼健者,礼健易柔,吾命所以得存者此耳。"编者按:参见《意拾喻言》第六九则。

畏庐曰:曲尽小人情态。

二七五　狐数老棘

狐出入樊篱之隙,为老棘所刺,怒而数之。棘曰:"尔惟无司视之官,乃受吾刺。且善刺吾性也,孰使尔近我者,何数为?"

畏庐曰:小人之不可近,小人亦自知之。故人受欺于小人,而小人都无悔过之事者,正以自处于不药之地,日售其害人之方。得人而甘之,方自侈其作用也,是又安能动之以天良,争之以公理?

二七六　驴贺马

驴贺马之常得食,且任人轻于任物,羡不已。一日军行,甲士执兵登骑,马遂殁于战场。驴怃然悔其前贺之误也。编者按:参见《况义》第七则。

畏庐曰:前者之贺,恶劳也;后者之悔,贪生也。吾中国之民,惟有恶劳之心,故财政绌于西人;有贪生之心,故兵政亦绌于西人。

二七七　狮畏鸡象畏虫

狮诉于天帝曰:"臣多力而文其外,且爪牙锋锐,当者尽靡,分足以王百兽。然臣勇如是,闻鸡声辄怯,何也?"帝曰:"余锡尔多艺,乃仅不得志于一鸡,亦来诉乎?"狮闻,自憾其怯,欲图死。且思且行,遇象于道,语良久。见象屡动其耳,怪问之,象曰:"飞虫钻吾耳,见之乎?彼虫一入吾耳,吾命立尽。"狮曰:"君巨物,尚畏飞虫,然则吾之畏鸡,足以自恕矣。"

畏庐曰:周孝侯狮也,而司马肜则鸡耳;岳武穆象也,而秦桧则虫耳。马、秦之志得,而周、岳竟摧挫以死。千古英雄之屈于小人,不止周、岳二氏也,物理之不可测,只能姑委之天意耳。

二七八　犬吞蛎房

犬性嗜鸡子,见蛎房,以为卵也,吞之。已而胃痛,咤曰:"吾乃自误,吾始以为圆者皆卵类也,而忤吾胃如此!"然则遇物不审其实,未有不触险者矣。

畏庐曰:择交如择食也,不择而食,足忤吾胃,不择而交,足败吾名。

二七九　二骡

二骡重载行远,其一囊金锭于背,其一糗糒也。载金之骡上道,扬鬣耸耳,铃声琅琅,意得甚。载糒者其行款款,意则闲暇。已而伏盗起于林莽,与骡人斗,刃及载金之骡,夺金而去。载糟者不之及。创骡大哭,载糟者曰:"吾向不见重于人,故亦不及于难。"

畏庐曰:处乱世之名士,当师载糟之骡。

二八〇　羊避狼入庙

狼逐羊,羊趋入庙,狼畏人弗敢入,呼羊出曰:"不行,且烹尔以祠神。"羊曰:"吾身祠神甘尔,乌能膏狼吻?"

二八一　鹑欲卖友

罗鸟者得鹑,鹑哀曰:"苟舍我,必引他鹑入罗,以报主人。"罗鸟者曰:"此吾之必杀尔也。尔卖友求生,罪安可逭?"

二八二　蚤辩

人爱卧,苦蚤,卒扑得之,曰:"尔噆吾血,令褫吾衣。"蚤曰:"吾之苦君也,痒耳。罪胡及死?"人曰:"勿辩!尔死必矣。"凡物之能祸人者,在律均当死。

二八三　久则臭习

富室与治革者毗,恶其臭,令徙。革人迁延弗徙,久之富人渐与臭习,亦不令徙也。

二八四　狮报德

狮野行而践棘刺,绝痛,乃求出刺于牧人。牧人果为出之。已牧人以冤狱论死,谳官令投之狮穴,俾食之。适遇前狮,与牧人转昵,谳官见之,遂赦牧人。

二八五　蛇穴匠室

蛇穴于匠氏之室,四嗅匠氏之械。既而乞食于锯,锯曰:"误矣!吾之为用,但磨屑坚物而碎落之,何从得脆物饲汝?"编者按:参见《意拾喻言》第四九则。

畏庐曰:乞贷于艰难成业之家,必无分文之得。

二八六　驼求角

驼见牡牛森其角,妒之,思亦得角以矜众。吁之天帝,帝不悦曰:"尔躯干既伟,而又多力,胡需角?"遂命于驼授生时,不予角,且小其耳。

二八七　豹别恩仇

豹入陷,牧者见之,或投以石,或投以杖,或有私予以食者。迨夜牧归,以为豹死矣,豹于陷中得食,气力遂增,跃出。他日径造牧所,食牧者之羊,并杀其就陷投石者。于是与豹食者咸惧,请尽以羊群归豹,豹曰:"勿尔！谁恩我者,谁仇我者,我均能辨之。君食我者,何惧？"

畏庐曰:拯凶人者,或私收其报,然一路哭矣。闯、献之纵横,竟覆明社,均主抚者养成之也。故处凶人,宜杀之务尽。

二八八　鹰鹯婚

鹰苦思而栖于大树之上,一雌鹯与同坐,问曰:"君何思之深？"鹰曰:"吾欲得偶,而难其配。"鹯曰:"曷偶我？我之力猛于君也。"鹰曰:"汝焉觅食？"鹯曰:"吾力能扑驼鸟而死之。"鹰心动,聘之。既成婚,鹰促之取驼鸟,鹯诺而高飞。既归,乃出死鼠,鹰曰:"君向许我者仅此矣。"鹯曰:"吾向思从君,故诩其不能者为能。"

畏庐曰:小人进身,不自诩其才,安能动人之听,尸人之禄？

二八九　鹰报人

鹰见执于人,剪其羽毛,而侣之鸡鹜之群,鹰大戚。寻有人取而饲之,鹰羽既修,遂飏。他日搏野兔酬饲者,狐谏曰:"是当先报剪君羽毛者,平其机心,后乃不复报君矣。"

畏庐曰:韩信报漂母,而不仇淮阴之少年,恩仇得其正矣。若此狐之言,以德报怨,是过正之语,又焉可凭？天下有机心者,终其身皆机也,区区一酬,谓能平耶？吾恐得酬之后,其机转深,且用机而获酬,人孰不乐为之者？

二九〇　王储宿命

国王临御久,仅有一储,而王甚好武,一夜梦人语王,王嗣将为狮有。王恐其兆之应,遂营别宫,禁其储嗣,图四壁为禽兽状。中有一狮,王子见之,詈曰:"吾君惟梦汝,故以离宫囚我,如处子焉,今将不赦汝矣。"以棘条笞壁狮,棘误刺其指,绝痛,因而病热死。彼王子也,能守困而不图脱者,或能免乎?

畏庐曰:信妖祥者,必死于妖祥。非天下果有妖祥之事,由乎既信,则必备之,且多方拘矫以备之。不堪其拘,不堪其矫,则疾疠生焉,反閟焉以为妖祥之果验,复盛饰其影响者以实之。西国未文明以前,犹复不免,矧在守旧者?

二九一　牝猫幻为女郎

牝猫忽思近人,爱一年少,乃请于太白之星,幻为女郎。星精许之,牝猫既化为人,与年少同居。太白之星念猫质既变,而心或不变,复幻一鼠试之。猫女跃起逐鼠,星精怒,令复为猫。编者按:参见《意拾喻言》第六五则、《海国妙喻》第三五则。

畏庐曰:嗜食者见酒肉必涎,嗜博者遇樗蒲必弄,手口既与物习,中心若促之而发者。故矫饰之小人,不必再试,而丑态当立见。

二九二　蝼蝈复鹰仇

鹰与蝼蝈为仇,互毁其巢,鹰怒,尽啄杀蝼蝈子。蝼蝈潜尾鹰,直至于天帝之居。帝命鹰巢于上帝之带下，于是育卵帝衣。蟋蟀鸣帝前，帝起扑蟋蟀，鹰卵亦坠落无完。故得罪细人者，终必以术复其仇。

二九三　牝羊求髭

牝羊吁天求髭，帝许之。羖羊怒，复帝曰："彼牝尔，何髭为？"帝曰："此虚锡耳。彼虽髭，而勇力安能过汝？"故人之实不及我者，虽外有其表，无害也。

二九四　击首灭蝇

蝇集于髯者之头，髯者猛击其首，不能死蝇。蝇笑曰："尔谋死我，乃反伤其首？"髯者曰："吾头不仇我也。汝么虫以嘬人为职，吾死汝决矣，虽受重创，岂吾所恤？"

畏庐曰：天下有小愤甚于大仇者，由穷人以莫报之术，激人以不胜之怒，虽戕身无惜，实则毋须愤也。窃发阴掠之盗，当闲暇以应之，即兵法所谓以逸待劳也。处难治之小人亦然，一经动火，必累无辜，不可不慎。

二九五　海平而风不宁

人碎舟于海，为浪所涌，卧于岸次。既醒，面海詈曰："尔故为平衍以诱人，既渡，则举舟而尽覆之。"言次，海神幻为妇人告曰："尔勿仇我，当仇风。余性平谧，犹之大陆，彼风不我宁也。"

二九六　国工演剧

贵人以巨资为大剧场，入观者不受值，且列榜衢术之上，谓能以新剧进者，当予以厚赏。一人自承能为奇剧，贵人命之登场。邦人闻有国工，大集。其人孑身而上，众欢皆息，万目群注，其人但以首俯胸为豚噑。观者以为必纳豚于衣底，争褫而观之，竟无有。于是众人咸神其口技。有村人在座，忽欲自炫其术，与国工竞。明日观者益众，盖为国工来，亦欲指村人之丑而斥之。时国工与村人同出，国工先为豚噑，次及村人。村人囊小猪于胸，私掐猪耳令鸣。观者终以国工为善，哗斥村人弗肖，而逐之。村人势穷，竟自出其豚，示众曰："吾鸣乃真猪耳。尔辈识力，乃以伪为真，转以真为伪！"

畏庐曰：既名曰剧，宗旨固以极伪为真，国工之为豚噑而善，此伪之极，即真之极也。若怀猪而来，猪固真者，而怀之以愚人，则大伪矣。天下精神心思好尚所向之地，即为此地之公例，反其例者，虽自承为真，而人亦必以伪斥之。故村人之猪，真猪也，而入观剧之耳目，转成为伪，正以剧场之公例，事事主伪，而不主真，果以真来，亦必不以真许之。故欲通中西之情，亦必先解欧西之公例而后交涉，始不至于钩棘。矧今日之势，全球均入于公法，而吾华独否，人安有不群噪以攻我，联盟以排我者？余谓欲变法，先变例，例合则中西水乳矣。此救亡之道也。若摘为不经之谈，与儒术叛，则余不敢置喙矣。

二九七　猎者不择语

猎者获兔，肩而归，遇骑者于路，将取之，故与论价。猎者授兔，骑者飞驰而逝，猎者逐之，意其必及，而骑驰绝迅。猎者号曰："君迟我行,吾馈君兔也。"

畏庐曰:人到窘迫时,往往出劣语。

二九八　青果树与无花果树

青果之树,调无花果之树,自以青果竟年青,而无花果遇秋则叶变。已而大雪,青果叶多,雪集而叶落,无花果树徐空枝焉,雪触即坠。雪霁,而无花果之树仍无恙。

畏庐曰:安分者少祸。

二九九　日精欲婚

日精忽欲得偶,田蛙闻而大鸣,天帝怪之,蛙曰:"日鳏不婚,已足以枯泥泽之水,今涸矣。若更婚而生子,子日四丽,吾属无类矣。"

畏庐曰:为政者专尚威烈,足寒无辜者之心。

三〇〇　铜匠与狗

铜匠饲狗,甚爱之,日以为伴。方冶铜时,狗睡其侧,迨食而狗醒,时摇其尾。一日主人佯怒,以鞭示之,曰:"尔太惰,方吾冶工时,尔睡,当食则来。尔亦知人生能工作者,方有佳趣耶?"

畏庐曰:末一语,足以起中国人之懦。

图书在版编目（CIP）数据

伊索寓言古译四种合刊 / 林纾等译；庄际虹编. —2版. —上海：上海大学出版社，2022.3
（近代名译丛刊）
ISBN 978-7-5671-4447-7

Ⅰ. ①伊… Ⅱ. ①林… ②庄… Ⅲ. ①寓言—作品集—古希腊 Ⅳ. ① I545.74

中国版本图书馆 CIP 数据核字 (2022) 第 031364 号

策　　划　庄际虹
责任编辑　徐雁华
封面设计　柯国富
技术编辑　金　鑫　钱宇坤

伊索寓言古译四种合刊

林纾 等译　庄际虹 编
上海大学出版社出版发行
（上海市上大路 99 号　邮政编码 200444）
（http://www.shupress.cn　发行热线 021-66135112）
出版人：戴骏豪

※

南京展望文化发展有限公司排版
商务印书馆上海印刷有限公司　各地新华书店经销
开本 890mm×1240mm　1/32　印张 6.75　字数 175 千字
2022 年 3 月第 2 版　2022 年 3 月第 1 次印刷
ISBN 978-7-5671-4447-7/I · 654　定价：38.00 元